高城望断

丁鹤军 著

山西出版传媒集团
山西经济出版社

代序

有担当者行天下
——序读烟雨鹤的散文集《高城望断》

徐建宏

一个长年工作生活在北方的苏北人，带着对故土的思念，满腔的家国情怀，奔波在不同的岗位和场所。当他偶尔静下来的时候，便用一支饱含深情的笔，把自己的内心感受记录下来，变成一篇又一篇优美的散文，呈现在熟悉他的朋友们的眼前；或者发表在或南或北的各级报刊上。

这个人叫丁鹤军，在山西省公路局工作，担任领导职务。他写作时用的笔名叫烟雨鹤。

我与丁鹤军的相识，缘于一个共同的朋友黄存荣。黄总是一位事业有成、热情豪爽的企业家，在一来二去的交往中，便认识了丁鹤军。他俩都是江苏人，而且是关系比较密切的老乡。

我和丁鹤军的人情交往，仅止于此。直到有一天，读到了他写的一系列散文。这些文章，大多数短小精致，有感而发，内容又不外乎亲情、友情、爱情，凡是涉及生活工作的方方面面，都有抒写。而令人感动的是，作者本人并非写作科班出身，他只是在军队的大熔炉里锻造了若干年，又在军校正规学习过，之后便转业到地方工作。在工作和生活的间隙里,他的心一直周游在过往岁月的画面之中。在不断地回顾和追忆中,他对当下的生活持有了更加坚实的热爱。

我曾在一篇小文中写过一段话:"文章者,世道人心之尺度也。为文则雅,弃文则俗。"所谓雅,是指人除了对物质生活的追逐外,还应该有更高目标的精神诉求;只有这样,人才是大写的人,品位高卓的人。如果仅仅满足于享有物质的富足而不思进取,或者沉溺于追逐身外之物而没有对天地大道的探寻和追问,则早已是一个异化了的人。在日常生活中,我们耳闻目睹了太多类似的人和事,也见证了太多缘于追名逐利而折戟沉沙的悲剧。

丁鹤军先生是一个卓尔不凡的人,或者说,文字中的烟雨鹤是一个胸怀儒雅的性情中人。你看他写母亲,写师恩,写爱人,哪怕是写给初恋女友的一段较为生涩的文字,字里行间都流露着浓浓的爱意与真情。他对故土的怀恋,又从另一个角度体现了滚烫的赤子之情。古贤云:出家如初,成佛有余。一个胸怀初衷的人,就是一个可以托付终身、值得万分信赖的人。

当下社会,各种价值观念良莠不一,各色人等的追求也千姿百态。像丁鹤军这样按部就班、稳步发展的公务员,他的工作要求不一定非要与文学相关;但他写下了那么多优美的散文随笔,用自己独有的声音,歌唱和赞美人间真情、故土情怀。这就不只是一个人的普通爱好了,而是一种发自内心的担当和责任意识。有了这样的担当,他会在任何时空倾注自己的情怀和爱意。

有担当者行天下。祝烟雨鹤的散文越写越好!

(徐建宏,山西省作家协会全委会委员,山西省文学院签约作家、诗人)

目录

001/代序 有担当者行天下
——序读烟雨鹤的散文集《高城望断》

001/第一辑 背囊里的乡愁

003/摆渡

005/炊烟飘袅

007/春节来临

010/大麦茶香

012/蛋络子

014/逢集

017/古村司徒

020/故乡,油菜花黄

022/故乡的小河

025/馄饨

027/井

030/年画

032/温暖的澡堂子

035/陀螺

037/乡愁是家乡的汪豆腐

040/乡村广播

043/扬剧，难舍的乡音

046/又见桑树果子

049/远去的打夯号子

051/摘棉花的日子

054/照亮童年的煤油灯

056/棒冰，童年的味道

059/豆腐

063/第二辑　血脉里的亲情

065/祝福

067/芭蕉扇摇

070/布鞋

073/豆瓣酿情

075/父爱，盛开我生命里的鲜花

078/怀念奶奶

081/记忆深处的马蜂窝

083/家

086/今夜，泪眼缅怀外公

089/梦中的马思庄

092/陪伴，是一种幸福

095/且听风吟

099/我的母亲

106/笑看晚霞红

109/栀子花

111/成长路上打伞人

116/家有小儿初长成

119/第三辑　足迹里的凝望

121/军旅挥戈铸人生

123/春绿汾河

126/红尘恋曲

129/回首五龙，回望青春

133/饺子里的情谊

136/酒的情结

140/客行长沙

145/冷秋的法国梧桐

147/那一年，我当指导员

152/难忘吴万广老师

155/骑脚踏车的少年

158/挑河的日子

160/我的新兵班长

163/想吃红烧肉

165/雁门关随想

168/有"信"的日子

171/再唱军歌

174/自留地里醉流年

176/纵是平淡亦英雄

178/人生若只如初见

180/清风明月本无价

183/绍兴二记

189/书评1　触动心灵的书写
——丁鹤军散文集《高城望断》赏读

196/书评2　摆渡回乡关
——读丁鹤军散文集《高城望断》随想

199/后记

第一辑
背囊里的乡愁

山长水阔,纵马江湖,何处寄托乡愁;
家在心里,心在疼处,游子梦里回故乡。

摆渡

许是离家多年,总喜欢回忆那些过去久远的东西。坐船摆渡,我有别样情怀。

生我养我的村庄在高邮东乡,名曰"司徒潭"。村名含水,可见是水网交错地带。四叉河、五叉河在周边交汇环绕,水乡小镇坐落在绿波中,四面环水,河宽水阔如带,水清幽深似潭。

小时候,河面无桥。村民们进出村子,都是依靠摆渡方便两岸往来。

我与奶奶串门走亲戚,隔三岔五地到与我家隔河而居的邻村大姑妈家做客。走半个小时的田间阡陌小路,到了段东圩堤,遥遥就看见大姑妈家的青砖瓦房了。圩堤两岸,开着白色、黄色或粉红色的无名野花,也有衰败倒伏了的狗尾巴草,泼洒着一幅淡淡郁郁的水乡画卷。

模糊记忆中,有三个渡口过河都可以到大姑妈家。我和奶奶常走段东渡口。乡村的渡口清闲冷落,但摆渡的船家在河岸搭建茅屋,终日守候。渡口有一条简陋的木制摆渡船,招呼一声,摆渡人就过来了。风雨无阻,往返40余米宽的河面,将过河人从此岸送向彼岸,摆一个人一趟渡,只需二分钱。

有时船在对岸泊着,清波粼粼的水面闲荡着一只孤舟。"野渡无人舟自横",扯着嗓门大声喊"过河哦,过河哦",摆渡人慢悠悠地把渡船摇过来。等客人上船坐稳，摆渡人就荡桨、退船、掉头，在河边旋半个圈，"吱呀吱呀"划离了岸。静静的河水如碧如茵，清澈见底，木桨点破那水面的碧波，渡船在轻快的流波里荡漾。船行影上，倒影轻动。水浅之处，青绿的水草悠闲地顺水飘摇，小鱼在水草间自在地游戏。翠鸟麻利地掠过水面，给寂寞的河水平添了一分生机。仰坐船头，随船儿轻轻摇摆，恍若置身世外桃源。

大约是常走的原因，一来二去，祖孙俩就和摆渡的船家熟悉了。走累了，走困了，奶奶就把渡口当途中驿站休憩，不再行色匆匆地着急赶路。有时，她和船家的女人聊一阵家长里短，说一些油盐酱醋的琐事，欢声笑语随风一直飘向对岸。家乡人实在，摆渡二分钱，主家也要客气地推让一番，或是塞给我一分钱硬币买糖吃，至今特感温馨亲切。

摆渡充满着乡村的诗情画意，也酝酿过人生悲剧。听老人们说，20世纪60年代，村民们赶村看电影，十一点散场后，最后摆渡过河的是一船年轻人。然而，半夜风起，船翻人亡。回想起来，那是一段撕心裂肺的回忆。

寒暑相易，历尽沧桑的摆渡，在时代变迁中悄然退出了时代的舞台，湮没在了历史的云烟中。在我八岁时，段东渡口搭建了一座石板桥，从那以后，去大姑妈家玩耍做客再也不需要摆渡。而今，故乡实现了"村村通"，取而代之的是一座宽敞平坦的公路桥。我从千里之外驾车回乡，在当年的渡口，已经找不到一点儿过去的痕迹，唯滔滔流水依旧。

故乡的摆渡，承载着故乡的父老乡亲，飘摇了一代又一代，摇摆了一年又一年。然而，在我记忆深处，夕阳西下，在河里溅起片片金色粼光，一湾碧水，一叶木舟，好像还在等待我去摆渡而归。

原载《高邮日报》（2010年4月）

炊烟飘袅

久居都市，用的是天然气、电磁炉、电饭煲，闻不到充满稻草气息的炊烟味道，看不到漫溢着乡村文明的炊烟风景，心中总有一种莫名的惆怅和失落。飘散着我年少记忆的炊烟，只能拈墨在笔尖下，尘封于文字里……

故乡在水网交织的里下河，是一个古老的农村集镇。千百年来，水乡的小村在炊烟的缭绕下，传承、飘动着生生不息的希望和生机。那一缕缕淡蓝淡蓝的炊烟是烟囱上长出的云朵，在房顶上升起、盘桓、蔓延，轻盈婀娜灵秀飞舞，让遥远而宁静的村子恬淡而生动，渲染出一幅浓墨的田园丹青画卷，氤氲着农家人的质朴生活，虽是平常普通的人间烟火，却朴素、温暖、芬芳。

小的时候，无论早晨、午间，还是傍晚黄昏，家家户户高低不一的烟囱里先后飘起袅袅炊烟。

晨曦微露，东方吐白，勤劳的农户人家开门的第一件事，就是在锅膛里添草生火，让一缕炊烟在自家的屋顶冉冉升腾。"都知农家茶饭早，好去田中勤操劳"，炊烟散尽，村民扛着农具走向田间地头，学生背着书包迈进学校大门，乡村的炊烟迎来了充满希望、充满憧憬的一天。

午间的炊烟在乡村的上空似有似无，憨实的农民在田间地头劳作，为省时省力，可随便吃一口携带的烧饼干粮。但牵挂、关爱在学校读书的孩子，留守的老人会按时点燃炊烟。我读书的小学和中学都在村子的东头，老屋是四间青砖黛瓦的房子，坐北朝南，东边的一间屋子，就是家里的厨房。每每午间放学，奔跑在路上，我习惯用迫切的目光找寻自家东间屋顶上的烟囱，最热切的愿望就是能看到自家的炊烟像往常一样袅袅飘浮，炊烟升起心则安定，我嗅到的不仅是饭菜的香味，还知道炊烟下有亲人的等待和牵挂。孩童年代的我调皮捣蛋，邻居家的独立平房是厨屋，顺着露天的楼梯，我趴在房顶，用稻草堵住烟囱，邻居大妈呛得不知所以，母亲追打得我四处逃窜。

夕阳躺在西天的地平线上，湮红了村子，晚霞满天。苍茫暮色下，炊烟也被镀了一层金黄色，给村子笼罩了一片安静祥和的色彩。炊烟是乡村的集结号，有一首歌唱道："晚霞飘，炊烟起，小村把手招……"劳作了一天的村民，在炊烟的呼唤下，牵着牛、扛着锄，悠悠然走在乡村的田野小径上。夕阳伴彩霞，炊烟罩村庄，农家人的简单生活彰显得充实而美丽。踏着晚归的小道，我的心儿醉了。儿时晚上放学后，我总要提个篾篮去田头"擒旱草"（方言，意为"锄草"），也和一群小伙伴们无忧无虑地在宽阔的野外疯跑玩耍，忘却归时。炊烟里飘来家人急切的呼唤，赶紧相互追逐着跑向村里，跑向各自的家去。

炊烟飘袅，因家而生；幸福之家，有烟而暖。故乡的炊烟，是我理不清的乡恋，剪不断的乡愁。那炊烟就是一根长长的线绳，一头摇曳在老屋的房顶上，一头系在走出了故乡的儿女的心头上，飘荡着绵绵不尽的流连和思恋……

想问阵阵炊烟，你要去哪里！

原载《山西日报》（2017年8月）

春节来临

平平凡凡的生活，忙忙碌碌的工作。

在新桃换旧符、来去匆匆的斑驳岁月中，不知不觉年轮加圈，又是一年辞旧时，又是一年迎春到。

传统新春，我心思归。参军入伍二十余年了，就读军校放假回家过过春节。多少年来，想回故乡、在亲人身边过春节的念头一年又一年被搁在远方，总是不能圆梦。

孩提时代不识愁滋味。童年的春节，虽然显得寒酸，但在我心中快乐而真实，明媚而温暖。

期末考试结束，返回学校取到成绩报告单，放寒假了，就开始扳着小指头数日子，对春节充满了期待、渴望和梦想。那时，苏北里下河农村的生活水平不是很高，父母收入低，家里日子也不富裕。但"小孩盼过年"，春节满含着温馨和抚慰，意味着欢快和幸福。不仅有好吃的东西能满足贪吃的小嘴巴，还有崭新的衣裳可以向小朋友显摆；不仅有小串串鞭炮噼里啪啦地"连环响"，还可以拿着崭新的毛票压岁钱，昂首挺胸地走到村里大街上的摊铺前，欢天喜地地过上一把"购物"的瘾……

踏进腊月，农事已罢。农家的屋檐底下晾晒起腌制的咸鱼、咸肉，村里供销社的货架上面拉起了道道细绳，悬挂着各色各样粘贴着号码的年画，街头上熙熙攘攘、喜气洋洋的人潮提兜跨篮忙乎置办着年货，杀年猪、舂米粉、磨豆腐、蒸馒头，我们用在铁匠铺打制的小刀，专心细致地刻"封门钱"……浓浓的年味就这样弥漫开来了。腊月二十四（传说中灶王菩萨升天的日子），是老家的小年，有"掸尘"的习俗。父亲总是披一件脏旧的衣服，竹竿上绑一个新扫把，打扫房屋角落里的蜘蛛网和灰尘，茅屋陋室，内外焕然一新，一尘不染。

　　故乡的春节，就在这样的喜庆中和干净里拉开了序幕。

　　除夕傍晚，对联张贴在千家万户的门楣上，邻居不再走动往来，开始张罗起年夜饭。村里"噼啪噼啪"的鞭炮声陆陆续续地响起，天也渐渐黑了下来，"二踢脚"尖叫着飞上了天空，夜空中偶尔有绚丽的礼花怒放着，我和妹妹站在天井里仰望着明净的天空，开心地听着、看着，享受着这乡村难得的朦胧美景！

　　灯火摇曳，辞旧迎新，一家人围着八仙桌举杯相庆，把酒言欢。忙碌了一年，辛苦了一年，围着一桌丰盛的年夜饭共叙天伦之乐，其乐融融。必不可少的是一盘象征年年有余的红烧鱼，是不让动筷子吃的。但奶奶酿制的醪糟酒，很甘很甜，爸妈破例让我和妹妹尝上一点儿。

　　拜年是农村特有的一道风情画。

　　大年初一早上，天色微明，我按捺不住心头的激动和喜悦，美滋滋地从枕头底下拽出父母亲准备好的红包，穿上新衣早早起床。父亲不迷信，但开门先要放"开门炮"，而后在自家堂屋里焚香烧烛，虔诚地拜上几拜，希望新的一年大吉大利，我和妹妹噤若寒蝉，毕恭毕敬地站在一边看着。吃过早餐，人们三五成群、走街串巷到生产队里的农家开始串门拜年。空气中到处都弥漫着淡淡的鞭炮火药味，增加了年的味道。色泽鲜明的春联，迎风飘扬的"封门钱"，交相辉映，红红火火。孩童的嬉笑声、小商贩的叫卖声、零星的鞭炮声，街头喧嚷，人头攒动，小村庄变得生动和沸腾了，一派喜庆的氛围。好客的主人热情地抓一把花生、葵花子招呼来拜年的客人，日常关系热乎的，还会给小孩两毛、五毛压岁钱，但这钱父母是要收回的，因为还要回赠他们的孩子，于是更多地像是一种礼节了。只有外公、外婆给的两元压岁钱，才是真正意义上的压岁钱，自己拥有绝对的支配权和使用权。

传说麒麟所到之处必带来五谷丰收，老幼安宁。所以在新春期间，故乡传统的贺岁动物是麒麟，有"送麒麟"队伍叮咚锣鼓登门参拜，道吉说祥。所到之处，主家必然燃放鞭炮，希望今年能够吉祥如意，招财进宝，大方地把糖果花生撒向看热闹的人群，兴奋得我们一群小孩争相哄抢，尖声喊叫……

脚步匆匆人难留，故乡闹春在梦中。

身在异地，我无法舍弃遥远的家乡，那里是生我养我的地方，有我撒下的欢乐和惆怅，回家过年一直是我所渴求的，让我魂牵梦萦。在繁华的都市拥有了自己的房子、自己的家，有妻儿相伴过年，但听着窗外此起彼伏的鞭炮声，看着"春晚"一片热闹喜庆，我想着远在家乡的父母又是怎样的望眼欲穿？我仿佛闻到了咸鱼、咸肉的香味，看到了父亲、母亲的眺望和期盼。

"父母在，不远游"，但职责所在，令我在新春佳节不能回家帮父母刮刮鱼鳞、剁剁肉馅……

听千声礼炮、望万家烟火的除夕夜，没有合家的团聚，缺少亲情的滋润，丰盛的年饭也是难以下咽、淡然无味的。

春节来临，好想回家！

原载《高邮日报》（2010年1月）

大麦茶香

我是爱喝茶的。

在太原城里，扬州特色菜肴的餐馆颇受青睐、欢迎。数日前品尝家乡菜肴，服务员端来一壶茶，一股久违的纯朴味道飘荡鼻息，沁人心脾，是儿时盛夏时节喝的大麦茶香。浅浅的、轻轻地呷一口，茶里情思，别有一番滋味在心头……

大麦茶是故乡俭朴的农家就地取材，用简单的方法炒制成的，是乡村人家夏日解渴的实惠茶水，也是消暑散热的天然良方。大麦茶入口微苦，有淡淡的、煳煳的麦香味道，但爽口止渴，齿颊生香。特别是在体力劳动消耗能量后，喝上一大碗凉凉的大麦茶，既解渴生津，清爽宜口，又消除疲劳，浑身通活舒畅。

每到大麦收割回来后，父亲将大麦簸扬，挑拣出杂物沙粒，洗净晒干，再放入铁锅，用铲子反复翻炒。炒大麦是细活，考究的是把握好火候，大火烧锅会使大麦黑煳，外焦里生。所以锅膛里烧稻草或麦秸，使之不温不火，慢慢烘焙。金黄色的大麦在锅里呈焦黄和微黑色，散发出麦子特有的清香味道，再把大麦放到一个木板上平摊开，等到自然凉透，这大麦茶就算制作好了，等到夏暑时节泡茶饮用。

记忆中，开镰收割小麦到插秧的"双抢"季节，故乡的农民总要熬煮两锅大麦茶水，手提肩挑带到田间地头，喝大麦茶的茶具就是平时吃饭用的粗瓷大碗。农田干活，汗洒如雨，天热人渴，小憩片刻，满满的一碗大麦茶，一扬脖子喝个底朝天，酣畅淋漓。农村人不懂茶艺文化，也不懂茶中之道。痛快地喝茶，彰显的是农民们的豪爽和直率。许是我血脉中流淌着农民的血，偶与好友去茶社品茶聊天，茶妹用工夫茶泡茶，一口一小杯，慢慢地来回浅斟倒茶，我真是不习惯，因袭陈规，也不在乎异样的眼光，坚持用大杯沏茶。

远离故乡，闯荡外面的世界，走过很多地方，也喝过很多地方的茶，西湖的龙井、庐山的云雾、太平的猴魁、信阳的毛尖、武夷山的岩茶等，但始终没有当年喝大麦茶的感觉。我甚至认为，大麦茶就是世界上最好的饮品、最好的茶，那苦涩中淡淡的甜美，恒久而绵长。

大麦茶香，让心淡如茶，人素如简。在大麦茶气的清香和茶味的悠长中，品味着浓浓的家乡情。

原载《高邮日报》（2017年11月）

蛋络子

一缕粽子香，寄托着浓浓的思念；五彩蛋络子，装着深深的祝福。

节日很多，我所爱的莫过于有浓郁特色的端午节。小时候，端午节总是在我无限的期盼中不疾不徐地来临！

当端午粽叶的芳香弥漫在乡村的上空，虽是割麦插禾的农事繁忙"双抢"时节，但千百年来端午节的民俗乡风却依旧传承沿袭着。纯朴的乡亲赋予了端午节更多的意义和内涵，寄托着美好的祝福和愿望。

童年，关于端午节最温馨的记忆，就是蛋络子。那是传承习俗点缀装饰的小袋子，是避邪驱瘟、纳福平安的吉祥物，更是小孩端午节最心爱的饰物。蛋络子是用五彩丝线编织的，网式形状，孔眼合适，能容放一只蛋，收口处下端荡漾着一束小穗子，使蛋络子更加协调精致。我姨娘聪慧手巧，是做女红的能手。每逢端午节，姨娘把五颜六色的丝线编织成几个蛋络子，色彩绚丽，手工精细，玲珑可爱。到了端午节，我们姨姊妹几人美滋滋地挂上蛋络子，小脸上充溢着过节的光彩。

儿时的端午节，挂上蛋络子，才算是过端午节，才有了节日的那种快乐和愉悦。家里鸡鸭下的蛋，是要换油盐酱醋的，平日舍不得吃。但端午节这天，咬咬牙，也要挑上个大的鸡蛋、鸭蛋和裹好的粽子一起下锅煮。蛋一煮熟，我迫不及待地挑了个最大最圆的青壳双黄鸭蛋装进蛋络子里，挂在脖颈上，兴奋地走到村里的大街上逛荡炫耀，神气十足地穿梭嬉戏在人前背后。鸭蛋在胸前晃来晃去，在彩色蛋络子的衬映下熠熠生辉。我把玩几天，也舍不得把鸭蛋吃掉，因为吃掉了，蛋络子也就成了一种摆设，不能在胸前挂了。

年少离乡，此后历年的端午节就在异地他乡度过了。而今，人到中年，不再有儿时企盼的心情，但蛋络子的节日喜庆仍然让我浮想联翩。又逢端午，胸口空空如也，没有五色丝线编织成的蛋络子，没有左右晃动的一个硕大的双黄鸭蛋，心中竟有一份怅然若失的感觉。

暗自思忖，儿子生长在太原，南北民俗各异，端午节时给儿子也挂一个蛋络子。不为别的，只为让儿子也能感受一下我曾有过的欢乐，让我儿时的欢喜在儿子身上继续延伸着，让他过一个有真正意义的、有传统味道的端午节，让那五彩的蛋络子连同一种朴素的情感、纯洁的愫怀，随同岁月的风悠悠飘荡！

很想给姨娘打个电话，请她再编织一个蛋络子。

原载《高邮日报》（2015年6月）

逢集

逢集，是高邮俗称。其实，就是赶集。

我当兵离开家乡后，就再也没有闲逛过农村的逢集市场。以为这么多年过去了，逢集的拥挤和繁荣也在时间的长河中悄然流逝。

数天前，回故乡贺寿。途经往日的二沟乡（撤乡并镇到三垛镇），正是当地逢集，人头攒动，人声鼎沸，叫卖的吆喝声和琳琅满目的小商品依旧保留和延续了儿时的民俗传统。我归心似箭，却车入人流，无论怎么鸣叫喇叭都无济于事，如蚁爬行，200米的街道，竟然走了大半个小时。其实，这是我儿时就熟悉的一幕场景。我生长在农村，对逢集是渴望和向往的。

逢集，是农村生活中幸福的日子，是为农村人买卖方便而设的贸易市场，也是农村人心灵和精神的寄托。逢集的日子相对固定，中间相差十来天，一般在乡政府所在地举办。每到逢集日子，小商小贩在数百米的街道两侧就地支摊，独占一方露天经营。当天，不仅七里八乡的村民赶集，甚至更远的外镇村民也前来凑热闹；不仅当地农户凭借逢集的人气，把自家的农产品拿到集市上卖，换几个零花钱，外地的商贩也不失时机地赶来摆摊设点；更有钟情怀春的少男少女，私订盟约，逢集相会，让逢集见证了那个时代青年男女单纯羞涩的一段情感姻缘。

我家距离柘垛（乡政府所在地）约3千米，路面是用一块块砖头铺成的。农村居住分散，更没有公交车辆，尽管交通不便，也挡不住人们赶集的热情。从四面八方涌往柘垛小镇的路上，行人川流不息。赶集的男女老少修饰打扮一下，穿一件平时舍不得穿的衣服，结伴而行，骑自行车或步行到镇上赶集。去集市上卖自家农产品的村民肩挑晨曦，担子压得扁担吱吱地响，却大步流星不敢耽搁。

孩提时代，我贪玩耍、爱热闹。尽管囊中羞涩，也想去集市上转一转、逛一逛，虽然没有什么要买的东西，寻找的就是在熙熙攘攘的人群中穿梭往来的热闹氛围。集市上行人在中间挤，商贩在街边卖，摩肩接踵，人声嘈杂，吆喝叫卖声、讨价还价声此起彼伏。物品种类也很繁多，有衣帽鞋袜，也有五金日杂；有新鲜的蔬果，也有鲜活的鱼虾；有待宰杀的鸡鸭，也有叫唤的猪秧子。逢集，到处洋溢着生活的气息，流淌着欢乐的味道，把柘垛小镇点缀成一道独特的风景。

依稀记得，我和父母去镇上赶集，留恋不舍、垂涎三尺的就是集市上卖的特色小吃。那时，热气腾腾的馄饨和刨花凉粉充满了诱惑，价格虽便宜，但零花的毛票在手中攥出了汗，也是舍不得吃的。家里需要添置的日常用品，父母并不着急买，总要在一个个小摊前，看看东西，问问价格，"货比三家"后，购置的物品一定是集市上质量较好，且价格低廉的。我年纪虽小，但心中也明白，当家过日子就应该这样秤薪量水、精打细算。

逢集，也常能遇到外村的亲戚朋友。因此，逢集也成了亲朋好友短暂聚会的场所。那时，父母总会站在一旁互道家常，互相问候一番，客客气气地道个别，甚至邀请回家吃个便饭。

中午时分，赶集的人们陆续回家，眉角眼梢流淌着喜悦和幸福。逢集拉幕，街道变宽，集市上的遍地狼藉结束了小镇短暂的喧嚣和繁华，小镇又恢复了往日的平静。

如今，我定居在省城太原，有一份称心的工作，稳定的薪水，生活无忧，衣食不愁。但闲来无事，我还是喜欢逛农贸市场，尽管版本不一，如此这般的景象，我心释然。回味儿时，仿佛又坐在父亲自行车的后架上，得意扬扬地去往柘垛逢集的路上……

原载《高邮日报》（2016年2月）

古村司徒

乡关何处是？唯留在梦中。

高邮东乡的司徒村是我的家乡，远离城区，偏居一隅，撤乡并镇后，现为三垛镇的一个自然行政村。名曰司徒，村里的居民却没有姓司徒的。说起村子的历史，相传唐朝时期有复姓司徒的弟兄五人，见这里绿树成荫、碧波荡漾，河汊交错、芦苇丛生，心醉于此，刀耕火种，扎根繁衍生息。古老的司徒，千年的历史。一湾潭水清冽可鉴，环抱村庄汩汩东流。司徒因水而生，依水而居，故此，村子的旧称叫作司徒潭。独特的地理环境，天然的水路交通条件，司徒一度繁荣，显耀十里八乡，是商贾云集、物阜货丰的流通集散之地。我家是村里的单门独姓，祖辈在街面上开了一间铁匠铺，打铁为生。奶奶在司徒生活了一辈子，识文断字，对村里的历史典故了然于胸，常常描述村里"三桥七庙"的胜景。奶奶口中的马等桥、凤凰桥、南板桥，将钟楼寺、财神庙、都天庙、文昌宫、观音庵、土地庙、火帝庙珠联一串，村里商铺林立，熙熙攘攘，一派车水马龙、人气鼎盛的繁华画面。

我小的时候，司徒已褪去了兴盛时期的风采，文物古迹尽毁于日本侵华战火。20世纪60年代，司徒与邻镇横泾合并，当时的司徒人民公社迁址到柘垛村，政府搬离，商贾迁徙，古村司徒日渐走向萧瑟和落寞，只有一条老街道和三层楼的大会堂在岁月的烽烟里无声战栗。但村子里有十四个生产队，人口众多，依然保持热热闹闹的景象。陈砖旧瓦无语，长街小巷多情。古老的街道是用一块块古朴的青砖砌成的，自南向北穿越村庄，在岁月的沉淀打磨下，光滑明亮，静默厚重，商铺还保留着一扇一扇的铺板式木门，老家方言叫铺垯子门，流淌着古色古香的韵味。天未发白，卖豆浆的豆腐店冒着袅袅热气，街上的烧饼店也开张营业了，打烧饼有节奏的敲打响声不绝于耳，唤醒了古老村庄的静谧，远远就能听到。上学路过，烧饼店炉火通红，饼香诱人，忍不住驻足停留。司徒的烧饼承载了童年的回忆和乡愁的情愫，回家探亲，母亲总不忘给我带一些"擦酥"烧饼回太原。村里的供销社是附近几个村庄的商业中心，因在外婆家的对面，我经常去闲逛，也曾淘气、调皮地趴在地上，用棍子扒拉柜台下，看有没有顾客滚落下的"钢镚儿"。如今，集市已不存，供销社仍在，但已是破败不堪了，默默地飘摇在风雨中，守望、等待。

大街的南北两端，凤凰桥和马等桥跨越秀丽的司徒汊河，悠悠河水，缓缓流淌，诉说着古村千年的沧桑过往。凤凰桥和马等桥流传着美丽的传说和故事。相传，荡宽河多水深的司徒潭，是块凤凰宝地。孙家滩圩为凤头，偌大的南大圩千顷良田为凤肚，支汊分开的五汊河好似金灿灿的凤尾。村里要挖通南汊河与荷花沟，便于出行走船，工地上的土却挖而复长，风水先生用七十二把大锹，披上蓑衣、戴着斗笠插在工地上，斩断了凤凰头，挖河的工地上，庄上人都看到，水沟里血水遍地。后来，为让当地百姓过上幸福安宁的日子，弥合"凤凰"身首，修建了一座石砖桥，取名凤凰桥。

马等桥，记载着唐朝一代名将薛仁贵的故事。千年前，平辽王一袭白盔白甲跨着战马，途经司徒。千年后的2011年，从司徒走出的农村孩子，因工作调入山西运城。儿时，听多了薛仁贵和马等桥的故事，运城星罗棋布的景点中,我第一站就选择了河津薛仁贵寒窑故居。薛仁贵在家乡司徒留下了匆匆脚印,他的寒窑门口,也留下了司徒子孙的身影,那是穿越时空的情感,横跨千年的交流。马等桥是我们上学、放学的必经之地。桥面是两块长6米、宽4米的青石板,深深浅浅的凹槽流淌着岁月的年轮。人走桥上,船行桥下,站立桥头,年少的我,看河中一叶扁舟,看天边一片晚霞,河是那么宽,梦是那么远,总想什么时候飞出马等桥,飞出司徒,飞到外面的精彩世界……

古老的凤凰桥、马等桥目睹了司徒年轻富饶的姿容,也见证了司徒的荣辱兴衰。时过境迁,昔年的荣光渐渐尘封于昨日历史,曾经的繁华渐渐消逝于时光深处。年轻的劳动力长年务工在外,平日里只有空巢的老人和留守的孩子。村子的外围修筑了宽阔的马路,往日的大街不再是红飞翠舞,人欢马叫,更多的村民迁往城镇,村子里人迹寥寥,清冷寂寞。但遥远的时光深处,依然有一份淡定、从容和镇静。千年风雨剥蚀,沧桑司徒,往事皆成云烟。

时光不老,我们不散;繁华落寞,我陪你落日流年。1990年的春天,我从军入伍告别司徒,弹指匆匆三十年,但始终没有走出司徒的怀抱、司徒的影子。古桥流水人家,老树水田青虾,都是记忆,思乡的我,远远在天涯……

原载《山西日报》(2019年6月)

故乡，油菜花黄

山西的朋友驱车千里，慕名前往兴化观赏千岛油菜花，知我籍贯江苏，给我在微信里传来他踏青赏花的图片。

我对其说，兴化与我家乡比邻，故乡的油菜花也是很美、很壮观的。油菜花黄，是我的乡思，亦是我的乡愁，是根植在生命里的一季庄稼，在心魂深处花开花落。

春风含情，油菜花盛开怒放。千里沃野、河岸两旁遍地金黄，气势恢宏，美不胜收。一垛垛、一簇簇、一片片的油菜花，在春风里摇曳、在暖阳里欢笑，与蓝天白云遥相辉映，镶嵌在希望的田野上，是一幅赏心悦目的田园自然画作，是阳春三月天里一抹最亮丽的色彩。

春暖花开的季节，自然是美好的日子。

犹记得，读小学时傍晚放学，我丢下书包，就提着篾篮去田间地头铲猪草。春分时节的草很是鲜嫩，尤其在油菜花庇护下的草更壮更肥，故乡大片的油菜花地就成了小伙伴们的世外桃源、玩乐场所。蜜蜂起舞，蝴蝶恋花，我们铲完满篮猪草，在落日的余晖里，穿行跳跃在油菜地中，在黄灿灿的油菜花的海洋里尽情撒欢：捉迷藏，扑蝴蝶，逮蜜蜂。当从油菜花里钻出来时，踩两脚泥巴，沾一头花粉，惹一身芬芳。臭美的小女孩，掩藏不住内心的喜悦，悄悄摘取一朵戴在发间，既喜且羞。男孩子也爱油菜花，采摘一把带回家，插在装着水的瓶子里，一花点缀，满屋生香。

"儿童急走追黄蝶，飞入菜花无处寻。"油菜花是农村孩子的童谣，是童年的开篇，是梦想的驿站。有时，我们玩累了，就仰躺在油菜花丛之中，嗅着幽幽的清香，看着西斜的夕阳，浸染陶醉，浮想联翩，憧憬着自己长大后的金灿灿的梦……飞鸟归林，天渐黑暗，耳畔响起了父母急促的呼儿晚归声，身旁是芳香四溢的油菜花，灯火处是浓浓的一份亲情，伴着花香，一路有爱，是那么的亲切而温馨，是那么的宁静而悠远，是那么的古朴而婉约，让我童年的春天变得生动美丽，是刻入生命印痕中的一份具有乡村田园生活气息的快乐回忆。

油菜花开，金黄一片，简洁纯粹。照相的师傅不失时机地走村串户，那成片的黄澄澄的油菜花，就是拍照的天然背景。翻开我尘封的影集，儿时和小伙伴们的合影照片，几乎都是穿着白色衬衣在油菜花地拍照的。人在花中，犹在画中，在洒满阳光的油菜花丛前露出傻乎乎的笑容，彰显着学生时代的天真和美好。人比黄花瘦，飞扬的日子与那些黄黄的油菜花一起涤荡燃烧，唤起心底纯真的诗意。

故乡，油菜花黄，模糊了我少时的梦影。

人到中年，更热恋心中那片挥而不去的乡土，更喜欢那片乡土上开放的油菜花，那里有我的梦，有我童年的梦，有梦里的油菜花黄。

经年后，我退休赋闲于家，就扛一肩锄头，耕种一亩油菜花，寻一片心灵栖息之所，清淡如水，忘却归处……

2016年5月，高邮人民广播电台播报

故乡的小河

　　家乡的小河是里下河地区水网中的小支流，一道纯净而靓丽的风景，把生我养我的小村庄装饰点缀得妩媚而多情！虽然当兵离开故乡二十多年了，但家乡的小河，却一直在我心之一隅悄然无声地荡漾。

　　水乡小村，依河而筑，傍水而居。小河九转回环、蜿蜒曲折，绕抱村庄。河面上横卧着两座历史悠久、有着古老传说的"马等桥"和"凤凰桥"。小河是母亲河，甘甜的乳汁滋养了村里祖祖辈辈的一方乡亲，清冽的河水浇灌了两岸肥沃的千亩良田。

　　小的时候，河水清澈见底，不知名的小鱼儿悠闲地穿梭其中；挽着裤脚站立水中，被它误以为是食物，轻轻地拱咬着你的脚，痒痒的，酥酥的，甩一甩脚，受到惊吓的小鱼，仓皇逃离而去。家养的鹅儿飘荡在河面上，欢畅地清洗着自己洁白的衣裳，自由地寻觅着天然的美食。

　　东方露出一抹鱼肚白，小村苏醒了，小河开始喧嚣，沸腾开来。勤劳的庄户人家开门第一件事：趁小河一夜没人用水很干净，在晨纱薄雾中，肩挑木制的水桶去河边挑水，把家里陶制的水缸盛满。人们在青砖砌成的阶梯的码头上忙碌着，淘米、洗菜，还有大姑娘、小媳妇捣洗衣服，特别是比较难洗的大件，用木头做成的棒槌，噼噼啪啪捶打着衣服，清污洗垢。人们一边干活，一边大声聊天，欢声笑语不停地在小河上回响!

孩提时代,心儿被充满魅力的小河牵着走……她是我童年美好憧憬的摇篮,是我儿时嬉戏玩耍的惬意场所。

盛夏午后,我们同龄的小伙伴背着大人,结伴而出。光着屁股一个个噼里扑通地跳到河里,打水仗,捉迷藏,水花飞溅,清凉透遍全身,舒爽惬意。扎个猛子,就能在河底摸出碗大的河蚌。奶奶生怕我出事,总是着急地沿河岸大声呼喊我的乳名,找我回家。我来不及拿放在岸上的衣裤,赤条条地爬上河对岸,一溜烟跑得远远的,听着奶奶的骂声和训斥声,我也不受管束,躲在小河的怀抱里,尽情嬉戏撒欢。

旧梦依稀,二十年变迁,物是人非。2010年回老家,又看到了家乡的小河。伫立河边,褐色的河水涤荡了我遥远的期待,泛起酸涩的心潮。九曲十八弯的小河依然流淌,依然灌溉这片土地,却不再是故乡一条美丽的曲线。家家户户安装了自来水,不用到小河取水饮用;村里修通了公路,小河失去了往日的交通功能;不需要淤泥做肥料,河中淤泥堆积无人清理;甚至有人把小河当成了垃圾桶,向她倾倒各种脏物,河床淤积变窄,生态失衡。曾经碧波微荡的水面,垃圾漂浮;曾经闪着银光的一群群"参子"鱼,已是踪影难觅;没有了流水潺潺,没有了波光倒影,没有了孩童的耍闹。家乡的小河痛失花容月貌,失去了往日的欢笑。残阳斜照下的小河,在痛苦地哭泣和呻吟,无奈地挣扎和抗争,孤独地、寂寞地流淌着,流淌着……

低头沉思,社会发展进步了,老百姓兜里有钱了,可赖以生存的环境为什么却变恶劣了,难道生活水平的提高就一定要以牺牲和谐的生态环境为代价吗?

我思念家乡的小河,更留恋家乡童年时的小河。我祝福家乡,也祝福家乡的小河。未来的岁月里,小河哺育的后裔们,会让她还原自然本色,迎来生命中的第二个春天;会让她舒展柔美的娇身,用一河的胭脂水，画出往日的绰约风姿；会让她绽放更加灿烂的笑容，重现轻舟逐浪、鱼翔浅底、牧童唱晚的纯粹。

原载《解放军报》（2010年11月）

馄饨

馄饨给我的童年留下了太深、太深的印象。

老家镇上胖大妈的馄饨摊，是儿时的我最向往的地方。小吃摊很简单，一两张四方桌，几条长板凳。胖大妈包馄饨的动作娴熟，很富有表演性，是小镇上一道亮丽的风景。

胖大妈站在摊子前，右手捏着一根筷子，左手拈起一张薄薄的方正馄饨皮，在馅碗里一挑，挑起指甲盖大小的一点肉馅，反手揩在皮子中央，左手随即先是食指曲指一捺、一按，接着是中指和大拇指也先后一捺、一按，一个馄饨就做好了。然后，轻车熟路，又顺手抄起另一张皮子。包好馄饨后，胖大妈将馄饨按照碗的个数一堆、一堆地放在案板上。

去了镇上，我总是流连在馄饨摊前，缠着父母买一碗香喷喷的馄饨。在享用前，那直入脑髓的香气，诱惑着我先狠狠地咽一口唾沫。一碗馄饨两毛钱，我吃完了，还要把混沌汤喝完，换得身心舒坦，温暖而幸福。

戎马倥偬匆匆二十年了，可能是受家乡馄饨的影响，对北方的饭菜，我唯一喜欢的就是饺子。妻子是昔阳人，虽然包饺子也拿手，但我总感到饺子憨头憨脑的，很呆板；而馄饨则轻灵软滑，微妙的折角中生出一种精致和灵巧。我常和妻子开玩笑说，北方人死心眼儿就是吃饺子吃的，而南方人对馄饨情有独钟，所以南方人耳聪目明、身心通泰、八面玲珑、世事洞明……其实，话是这样说，工作忙碌多年没有回到故里，馄饨的香味已经淡淡地飘离了我的嗅源。

又是一年春草绿，又是一年花飞红。2009年清明，我回家乡扫墓，同学朋友多年未曾谋面，自然免不了推杯换盏，天天酒肆茶楼，顿顿美味佳肴，但我恍恍惚惚总是感觉少些什么滋味。

临行前的一日傍晚，和玉丰闲逛至高邮市的蝶园路。

忽见马路边上，有馄饨小摊，心中一动。在北方时间长了，已没有吃晚茶的习惯。但玉丰说，来一碗馄饨吧！

端上来的搪瓷碗里盛着褐黑的清澈汤色，汤面上热气氤氲，漂浮着十来个馄饨，面皮透明薄俏，肉馅隐约可见。我贪婪地吸了一口气，拿起小勺。眼前的那碗馄饨里，仍旧是过去用的猪油、酱油、葱花、胡椒粉等佐料。

热气湿润了我的眉梢，尝上一口，满嘴鲜香，无可挑剔，还是儿时吃的那个风味。馄饨，仿佛摇响了昨天自己心坎上的那串紫色的风铃。

我低着头，一口一个，狼吞虎咽，津津有味。玉丰细嚼慢咽，才吃了两口，而我一碗已下肚。他见了，问我是否再要一碗？想了想，真的还想吃，但晚上还有应酬，我怕吃得太多，坚决摇了摇头。他仿佛看懂了我的心思，从他碗里又拨拉了几个过来。吃完馄饨，又端起碗喝了口汤，放了胡椒粉的汤里有种微微的辛辣味，在这个空气潮湿的小城里的确让人身心畅爽，额头已微微地渗出了汗！

还是那份温暖，还是那份幸福！久违了，温暖的幸福！久违了，儿时的情怀！

行文至此。唉！馄饨，我一想起来就流口水，馋！不知道什么时候再能吃一碗家乡的馄饨，再感受一下那份友情和那份浓浓的乡情。

原载《高邮日报》（2009年7月）

井

当兵远离故乡后，直至今日，每每读到"背井离乡"一词，便会蓦然想起家乡，想起老家院子里的那口井。故乡的井总是给我清甜、甘冽的回忆，滋养着我淡淡的乡愁。

我家的祖屋距离村里的小学很近，只有200米的距离。打我记事起，学校没有围墙的土质操场上就有一口井，始建于哪个年代，我不曾留心打问过，已无从考证。我读小学的时候，已经干枯废弃，里面填埋了杂质垃圾，孤独地躺在学校的操场上。井的周围是用方块青砖铺成的井台，光滑明亮，泛着黯淡青光。井沿是六边菱形状的凹凸石块，井沿栏上留着一道道取水的绳痕，诉说着悠久的历史。我和小伙伴们都喜欢在井台玩耍，皓月当空的夜晚，我们一群孩子围绕在井的四周玩游戏，累得满头大汗、气喘吁吁，乐不思归。听到大人急切的呼儿回归声，才踏着一层皎洁的银辉，恋恋不舍地离开井台。学校的小井台上，印刻了我欢快而自由的童年时光……故乡是苏北里下河地区，地下蓄水量充沛、丰富，人工下挖五六米深，清澈的井水从井底喷薄而出，汩汩不断。记得20世纪80年代，实行联产承包责任制以后，家家户户都是忙忙碌碌的，奔波劳作在田间地头，生活水准也有了改善和提高。为了节省时间，省去担水的辛苦和劳作，不少人家都在自家院子打了井，便利许多。姨娘的家境优越，早早在家里的后面庭院里打了一口井。我虽年纪小，但家里的吃水、用水几乎都是我去河边提水，拎入厨房，倒进大水缸里。姨娘家有了那口井后，因井水冬热夏凉，用来方便，而且不用在河边排队担水，我常提着桶去姨娘家打水。

父母也动了心，打井的心愿越来越强烈。但打一口井要二百多块钱，对于当时的经济状况也是一笔大的开支。那年的夏天，父母咬着牙在自家院子的北侧打了一口人工挖掘的井，井壁是青砖砌成的，一块垒叠一块延伸到水面以下，井台和井沿用水泥硬化处理。用绳子系住铁皮桶，丢入水中，水桶下沉后，拉着绳子吊上水，家里用水方便了许多。家中的小院有了井，左邻右舍也纷至沓来打水、用水，小院里欢声笑语，其乐融融。

井水，夏解乏，冬温手，润湿着心田。炙热炎夏，井水却是彻骨的冰凉，我喜欢将一瓢一瓢的井水浇在腿上手上，嘴"哇哇"地尖叫，感触那股凉到心底的冰爽。尽管母亲提醒我不能这样用井水，我却贪恋凉爽，将母亲的叮嘱丢弃在脑后，尽情地用井水洗去一身疲劳、一身炙热。夕阳西下，奢侈地把井水泼洒在院子里，消解蒸腾的尘土和热气，以备在院子里吃晚饭、乘凉。

家里买的肉啊、鱼啊等荤腥食品，吃不完的，母亲就会将它们放在一个小篮子里，悬吊在井里，不用担心发馊变质。买回来的西瓜，用一个网兜子装好，用一根绳子拴牢，悬浸在井水里，过个一时半刻，拿出切开吃，凉滋滋的、甜丝丝的、脆生生的。井，是夏季的一个天然冰箱。

到了冬天，井水又会变暖，水气升腾，一股白色烟雾笼罩在井里，驱散了冬季的严寒。家人换下的一大堆衣服都落在母亲手上，洗起来是很劳累的。母亲在井边搓洗着，我卖力地帮母亲打水，问妈妈冷不冷，她总是那句话："不冷，井水热着呢。"热乎乎的话语和那热腾腾的井水，滋润和温暖着我年少的心。

但井水是地表水，没有净化处理，始终有股苦涩的泥腥味，只能淘米、洗菜、洗涮用。井里的水比不上河水清澈和甘甜，做饭饮水，人们还是习惯和乐意去河边挑水。

新农村建设的不断推进，村里修建了水厂，自来水通到每家每户。不需要在井里取水，父母封盖了院子里的井口，在井的位置上，盖了一间小杂货间，存放家用日杂。井淡出了人们的视线，渐渐陌生而疏离，消失在生活中。而于我，井却是一份精神寄托，留下了太多、太多的回忆和留恋……

年画

随着现代家居装饰的时代气息发生变化，年画渐渐地淡出了人们的视线，淡出了人们的生活。然而，盼年画、买年画、贴年画、看年画却是我童年记忆里一个美丽的符号。

儿时，真盼着过年啊！在物质生活和精神生活贫乏的年代，过年不仅意味着有零食、新衣，年画更是给童年岁月平添了许多快乐、许多希冀。

到了年根儿，供销社的货架就拉上了道道细绳，悬挂起各种色彩鲜艳、内容鲜活的年画。每种年画的左下角都写有编号，人们可以根据其号码来进行采购。

记忆初始，年画题材单一，几乎都是领袖画像、革命样板戏剧照和歌颂祖国山河的画面。在脑海中烙印深的是《毛主席去安源》和一大张上面又划分为八个小画面，每个小画面下还有文字说明的《智取威虎山》剧照。后来，年画的制作工艺越来越精致，内容越来越丰富，有历史典故、神话传说、戏剧照片、山水鸟鱼、梅兰竹菊、影视明星等，线条明快、形象逼真、惟妙惟肖，让人爱不释手。

学校放了寒假，无所事事的我在家里闲不住，便和同学一起逛供销社。为了买到更多更好看的年画，甚至不辞劳苦步行到十里外的乡供销社去买。其实，身上也没几个钱，只不过是图热闹，穷开心而已。站在那花花绿绿的年画前，仰起自己稚嫩的小脸，看得眼花缭乱，脖子发酸，仍然热情不减，乐此不疲。我仰着面孔目不暇接地看了半天，看哪张都漂亮，哪张都喜欢，就是囊中羞涩，父母给我买年画的钱也是有限的，必须精打细算，优中选优。东挑西拣，选了几张家人喜闻乐见的吉祥喜庆年画，再想选择已没有钱了，只好恋恋不舍地打道回府。

大年三十，房屋院落打扫干净，心急火燎地熬好面糊，欢天喜地贴年画。全家一片喜气洋洋，渲染了满心的温情与喜庆。母亲负责协调画的位置，什么样的年画贴在什么地方，总要比画一阵子，才能选择好合适的位置。一人张贴年画，一家人指手画脚，看歪不歪、正不正，"天头地脚"够不够。年画一贴，浓浓的油墨之香，沁人心脾，斑驳的砖墙顿时亮丽起来，洋溢起新春的气息。

年画寄托了我年少时的快乐和幸福，丰富了童年生活的情趣，更承载了我的憧憬和希望。那时，没有电视，没有网络，获取文化营养的载体少，年画所饱含的浓厚时代韵味和文化气息，让懵然无知的我情有独钟，大开眼界。无论去小朋友家玩耍，或去亲戚家做客，我都痴迷于墙上那一幅幅生动鲜活的画面。在赏年画、读年画中，我了解和感悟到了许多戏曲知识、历史知识、人物典故，得到了淳朴的文化启蒙，获益匪浅。

年少情怀，总是难忘。年画，在我的记忆长河中，总能轻盈地泛起浪花一朵。

原载《高邮日报》（2006年1月）

温暖的澡堂子

一年四季春夏秋冬，我基本都是自带洗浴用品去大众洗浴中心洗澡。尽管家居也装修了淋浴房，安装了浴霸和煤气热水器，什么时候都可以洗个热水澡，但泡澡堂子是小时候养成的习惯，是根植于内心深处的一种情结，我一直留恋过去那种百姓化的澡堂子。

早年，老家的澡堂子在村东头临街的铺面上，只有冬天才开业。为什么冬天才开业？大伙儿都穷，夏天男人们都是在清澈的小河里野浴，女人们在家接水冲洗。那时的澡堂子虽然简陋，但附近的几个自然村庄就我们村有澡堂子，从下午一点营业到晚上九点多，澡堂子里宾客如云，成为寒冷的冬季里，农村人享受生活和传播信息的温暖去处。

到天冷的时候，相隔十来八天的，父亲就要带我到澡堂子去洗澡。掀开厚厚的棉门帘，进入澡堂子，里面热气腾腾、人声鼎沸。门的左边就是"卖筹子"的柜台，消费很便宜，一毛钱换取一根用木头做的长条形的"澡筹子"，相当于澡票。把"澡筹子"给了跑堂的，拿上一块循环使用的公用洗澡毛巾，也没有感到不卫生。大堂里围绕墙壁搁置着一排排木板铺，上面铺着草席子，用来堆放澡客的衣物，携带的衣物不需要看管，基本不会有失窃的事情发生。记忆中，一长溜儿的木板铺上总是有人在等位子。遇到熟人，把各自的衣物叠放在一起，就不用等了。衣服一脱，穿一双木制的"趿板"（老家方言，用木头做的，不分左右脚，上面订两根帆布带），推开厚重的浴池木门，呱嗒呱嗒地走向热气腾腾的水池子。

池子里的水每天一换，是从河里一担一担挑来的。池子里氤氲缭绕，蒸气弥漫，看人模模糊糊，说话嗡嗡回音绕梁。池子的房顶有块采光用的玻璃天窗，不停地凝聚水珠往下嘀嗒着。洗澡的池子用水泥抹成，三个池子大小不等、水温各异，分高温池、热水池和温水池。高温池很少有人问津，而父亲就喜欢泡在这高温的水池子里消乏解困，一池滚烫的热水给辛苦劳作的父亲带来了满足和惬意。他泡得肤色通红、大汗淋漓后，就躺在池沿上闭目养神。最宽敞的池子水温适宜，贪玩的孩童就在这水池里嬉戏打闹，水花飞溅。孩子们玩得过火了，招来大人一阵训斥后，稍微安静片刻，依旧乐此不疲地重复打水仗、扎猛子。

天色已晚，跑堂的到浴池里放置一盏马灯。昏暗的灯光晕染开来，想起母亲一定已熬好大米粥、煮了咸鸭蛋，在煤油灯下等我们吃晚饭，便赶紧匆忙出浴。跑堂的热情地抛来一块热乎乎的"囊子"（老家方言，拧干的热毛巾），或者象征性地帮澡客擦几下后背上的水。澡客用"囊子"揩水干身，穿好内衣，就在澡堂子的木板上小憩。洗澡堂子的一角，有个单身的老头挎着竹篮卖花生，炒熟的花生用报纸包成菱角样，卖一毛钱。父亲在高兴时也会买上一包，一边嗑，一边唠唠家常。我剥开一颗放到嘴里，香脆的味道齿颊生香，回味绵长。

走出洗澡堂子，抬头仰望天空，已是繁星满天，新月如钩。洗完澡后的脸蛋红扑扑的，在冷风吹拂下清爽宜人，心怡自得。

村里的洗澡堂子，只有男浴，没有女浴。老家民俗：有钱没钱，洗澡过年。到了腊月年根儿，洗澡堂子张贴告示，通知开三天女澡堂子，为女人们清洁身体单独开放。这时候的澡堂子格外忙乎，而在腊月三十的夜半时分，我常常被父亲从热乎乎的被窝里拽起来，睡眼惺忪地跟在父亲后面，匆匆赶向澡堂子，为的是洗去旧年的尘埃，洗个"头锅水"的清水澡，寄托新年新气象的美好祝福。岂知"更有早行人"，澡堂子门庭若市络绎不绝，外面排起了长长的队伍，都想在新春来临之际，清清爽爽、干干净净地过一个吉祥年。一池热水，一群乡亲，洗得清水浑浊，但依旧感到舒心、暖心。

2017年春节，我接父母到太原过个团圆年。按老家的风俗习惯，大年三十陪父亲去了小区附近的一家洗浴中心洗澡，虽不是富丽堂皇的高档洗浴中心，但设施和环境比老家的澡堂子的条件优越了很多，池子里的水放了蓝蓝的消毒液，可以放心地泡澡。我找搓澡工搓背，父亲拦住说："不要花冤枉钱，我给你搓。"父亲的仁厚和宠爱润物无声，我鼻子酸酸的，又想起儿时父亲拉着我急急赶向澡堂子的情景。儿子大了，父亲老了，长大的儿子怎么就没有想到尽份孝心，亲自给老父亲洗个澡、搓个背，搓洗去老人一生的艰辛和疲惫。

离家久远了，但老家的洗澡堂子却热腾腾、雾蒙蒙地泡在温馨记忆里。那寒酸的乡村澡堂子，那一池温温热水，许我永久的温情与温暖！

原载《太原日报》（2017年4月）

陀螺

陀螺，上大下小，上粗下尖，如同一个倒立的塔，是乡村孩子青睐和喜欢的玩具。

童年时代，经济困难，物质匮乏。没有变形金刚、仿真车模之类的奢侈玩具，但童心难泯，我和小伙伴们在苍白凄凉的日子里，依然拥有孩子的欢乐和童真，上树掏鸟窝、下河摸鱼虾、模仿战争游戏"抓坏蛋"等，玩陀螺也是其中的一种游戏。

村里的小商贩卖陀螺，将其用油漆涂了五颜六色，旋转起来，色彩斑斓，绚丽多姿。我们舍不得花五分钱去买，便发扬"自力更生，丰衣足食"的精神去制作。制作陀螺技术含量不是很高，选择一块木质坚硬的材料，其主体要经得起不停地抽，其锥尖要耐磨。选择好材料，先找木匠师傅锯开，然后把底部用刀削尖，再用一根铁钉的头，从中间打进去。上粗下尖的陀螺，用砂纸磨平，再把上端大约在半厘米的部位刻一个槽。然后准备一根小棒，系上一根小麻绳，能够围绕陀螺四至五圈。这样，一个简单的陀螺就算做好了。

放学路上，假日期间，三五个小伙伴约好，随便找一块场地宽敞、地面平整的地方比赛玩陀螺。小伙伴们喜眉笑目，欢呼雀跃。抡起细麻绳制成的鞭子，不知疲惫地抽打小陀螺，小陀螺呼呼生风，旋转不停。我们抽得热火朝天，陀螺转得嗡嗡作响。

　　童年的时光一去而不返。在陀螺飞快旋转的韵律中，天空在旋转，生命在旋转，小陀螺承载了我们童年的快乐和欢笑。

　　我们无忧无虑地奔跑、跳跃，悄然长大。劳碌奔波，忙于生计，曾给儿时带来几多乐趣、几许亮色的陀螺淡出了我们的视野。

　　岁月更迭，时空轮回。儿子也到了玩陀螺的年龄。我们小时候钟情的陀螺，孩子已不屑一顾。儿子的卡通玩具新颖独特，花样齐全。

　　岁月蹉跎，玩法回归。玩具世界变化多端、推陈出新，而陀螺又在人们诧异的目光中回到了这个久违的世界。父亲悄悄告诉我，近段时间，儿子迷上了新玩具——陀螺。

　　父母疼爱孙子，有求必应。他们经不住儿子软磨硬缠，买了一堆花花绿绿的陀螺。只是儿子玩的陀螺已改头换面，穿上了"新马甲"，在本质不变的前提下，有了足够的现代工业元素。创新后的陀螺价格不菲，一只劲爆陀螺卖二十元左右，可以根据需求选择主体升级空间。定好左右方向，一抽齿条，主体脱离发射器，落到地面就能高速旋转，光芒闪烁，很是有趣。儿子走火入魔，乐此不疲，兴奋得前仰后合，又喊又叫。让我回味起自己的童年生活，追寻逝去的韶华岁月。儿子那快乐的小背影，不就是当年穿着开裆裤在稻谷场上不停抽打陀螺的我吗？只是我的小陀螺土得掉渣而已！

　　改革开放三十年，华夏大地发生了天翻地覆的变化，人们的生活水准和生活质量也得到了大幅度的提高。可以说，儿子是幸运的，幸福的童年跟多姿多彩的世界一样万紫千红。

原载《高邮日报》（2005年11月）

乡愁是家乡的汪豆腐

一方水土养育一方人,一方美食滋润一方客。我喜欢家乡的味道,更喜欢家乡的美食,最爱吃的是家乡独具风味的一道家常菜——汪豆腐。

有人说,对家乡的怀念其实是从吃开始的。我年少离乡,弹指间,已是二十余年。可离家时间再长,走得再远,尝遍了迥异的名贵大餐和地方的风味小吃,留在舌苔上的味蕾中,溢出缕缕浓香,让我满口生津的,还是故乡的那些美食,特别回味的是那家乡的经典菜肴:汪豆腐。

汪豆腐是高邮民间的一种菜肴,虽然不是美味大餐,也上不了盛宴餐桌,但是在家乡有着悠久的历史,是深受高邮人钟爱的一道独特的菜品。过去,家乡的生活水平不富足,乡下人办酒席待客,不可缺少的一道主菜就是汪豆腐。

汪豆腐,先要把豆腐和猪血劈成一片一片的细小丁块薄片。豆腐要细腻、滑嫩、白亮。刀劈前,用开水将豆腐烫一遍,去豆腥味。配料也讲究,要用高汤做底料,配上少许猪血、猪油渣、虾籽。锅里下菜油和熟猪油,小爆一下姜丝,放入豆腐和猪血,不停翻炒,这样豆腐就不会粘锅。加高汤,锅边沸腾,放入湿淀粉下锅勾兑,同时放盐、料酒、虾籽和猪油渣,起锅前放味精。装入碗后,放一点剁碎的蒜苗撒在上面，浇上一点麻油（香油），色香味就俱全了。心急吃不了热豆腐。出锅后的汪豆腐，看似没有一点热气，却烫得要命。所以，要吃汪豆腐，性子不能急，得慢慢地去品。

　　在我印象里，高邮城里饭馆子做的汪豆腐，是地道实惠、物美价廉的。儿时的很多情景变成了模糊的镜头，但跟随母亲在高邮城里品尝的那一碗汪豆腐，却清晰地印记在脑海深处。那天，母亲带我逛高邮城。乡下到城里并不远，当时的交通方式只有坐轮船，一天是走不了一个来回的。我们投宿在一个熟人家，不好意思为吃饭打扰主家。母亲牵着我的手，穿小巷、过大街，找吃饭便宜的地方。路上，灯光昏黄人影稀落。有点晚凉，母亲搂着我，那股缓缓的母爱暖流，一直流淌到我的心灵深处。一家门面很小的国营小饭馆，店里食客稀少，很安静。母亲要了两碗米饭，一碗汪豆腐。不一会，饭菜就端上了餐桌。那油汪汪的汪豆腐，上面飘荡着青绿的蒜苗，母亲注视着馋涎欲滴的我，用调羹舀上一勺豆腐放到我碗里，关切的眼神里充满了慈爱。我把汪豆腐和米饭搅拌在一起，大口吞咽，感觉吃的是世界上最好的美味佳肴。若干年后，我一直能闻到那汪豆腐的扑鼻香气。

　　人皆有情，物我相依。近几年来，随着故乡人足迹所及，太原城里的饮食界出现了新气象。故乡人在太原开设属于自己的"家乡菜馆"，淮扬菜系的饭店如雨后春笋般蓬勃兴起。在经意和不经意间，常可以看到"淮扬菜"的招牌。每见到这样的招牌，我都有莫名的冲动。但每每在点菜时，用高邮方言说，汪个豆腐吧。服务员都是一副不知所然的木讷表情，诧异地看着你。于是，找到扬州厨师，费口舌说清楚点的是汪豆腐。家乡菜肴到了北方，虽然并未完全走味，但多少流失了些精髓与风味。品尝起来，味觉的记忆似乎有些误差，不是那样可口。汪豆腐不香了？还是我的味觉出了毛病？我百思难得其解。也许，改变的不仅仅是我的口味。汪豆腐就是高邮独有的菜肴，离开了世代生长的土壤和气候，水土也不服。所谓橘生淮南则为橘，生于淮北则为枳，叶徒相似，其味不同。同样的东西，同样的做法，味道也会不一样的，正如美食家蔡澜说的那样：他吃的是一份乡愁。

那清淡鲜美、味香扑鼻、口感滑爽的汪豆腐，对客居他乡、身在异地的我，就是乡愁吧！

原载《高邮日报》（2007年12月）

乡村广播

时代的变迁，时尚传播媒体的普及，数字电视、宽带网络走进了农户人家。曾经响彻乡村上空、独领风骚的广播，慢慢尘封在历史舞台的角落，淡出了人们的生活和视线。但我对乡村的广播还是有种难以割舍的情愫，怀旧于心。

昔日，农村生活贫瘠落后、信息闭塞。了解外界事物的最佳途径就是乡村广播。村里大街上的水泥电线杆高处，对称安装着两个高音喇叭。而老百姓家家户户堂屋里的墙上则挂着形状像一只碗似的黑色广播。广播上伸出两根电线，一根叫天线，顺着墙沿，接在外面的广播线上；另一根叫地线，顺墙埋在地下。

家庭缺少钟表的年代，乡村广播就是老百姓的"军号"和定时闹钟。广播一日三次，时间固定准时会响，从不间断。学生上学，村民劳作，甚至留守的老人和妇女生火做饭都以它为准。广播融入了老百姓的日常生活中，是老百姓不可缺少的精神食粮。晨曦朦胧，到了播放时间，千家万户的广播里都传出《东方红》的序曲，整个村子都被广播声覆盖了。我们开始起床、洗漱、吃早饭，听到广播固定的节目段，就知道该背书包上学了；中午时分，老人妇女在家忙乎家务，广播一响，恍然醒悟，得生火烧饭了；晚上，听广播播音到"广播到此结束，明天再见"，母亲一惊，催促说："哎呀！广播都走了，快睡觉。"赶紧把灯拉灭。

随着生活水平的提高，收音机、黑白电视机走进了农村千家万户，但故乡的乡村广播仍继续使用着。新安装的广播很精致，造型如同一个小音箱，音量还可以分高、中、低三级，依然准点播放县人民广播站自己录播的节目。结束后，开始播放乡广播放大站的节目。无论县里还是乡里的栏目，制作很严谨，很健康，也很有品位，广播里的每个栏目人们都觉得好听、耐听。广播内容也更贴近老百姓的生活，间杂播出些农作物打药、施肥等技术讲座，为老百姓答疑解惑。最受人欢迎的还是天气预报，由于时效性、实用性和服务性很强，收听率和受欢迎程度居高不下，是大人们每天雷打不动的必听内容。

乡村广播是我少时的梦，它是伴着我一天一天长大的。我读书求学的时候，每次写的作文都被老师当作范文。由于自己爱听广播，也产生了要为广播写点什么的想法。于是，我抱着试试看的想法，把身边的人和事写成小通讯，寄给广播站。当我从广播里听到了我的第一篇稿子，变成播音员悦耳动听的声音传向四邻八村，为此我激动了好几天，喜悦之情溢于言表。对写作更是执着追求，勤奋笔耕，力争写出更多更好的作品。后来，我当上了广播站的一名通讯员，在吕立中老师的悉心指导下，发表了数十篇新闻、通讯稿。收听广播，使我开阔了视野，增长了知识；创作广播稿，使我敏锐了思维，提高了文字水平。可以说，乡村广播为我的成长经历增添了一抹亮丽的色彩。

受乡村广播的熏陶和影响，我在中队任政治指导员期间，坚持创办了"警营之声"小广播这个媒体。当时，官兵自写自播，寓教于乐，情感在纯美的意境里得到净化、升华和陶冶，也活跃和丰富了基层单调枯燥的军营生活，成为官兵健康成长的舞台和摇篮。

当兵离家多年了，不知道广播是从何时悄悄消失的，也不知道农村的老百姓是如何适应没有了广播的日子。但我坚信，乡村广播作为一个时代最为普及的宣传与娱乐方式，给一代人留下的温馨永远在记忆深处珍藏，那动听的广播旋律在心底永远余音缭绕。

原载《文学报》（2012年5月）

扬剧，难舍的乡音

说来难以置信，我虽行伍，却偏偏固执地喜欢家乡的扬剧，醉心柔软的唱腔和缓慢的韵味。当兵伊始，节庆联欢，我总爱为战友哼几句扬剧中的经典唱段，算是对生我养我的这块土地的亲情与认同吧！

过去，家乡群众娱乐消遣的方式少，村里组建毛泽东思想文艺宣传队，自编、自导、自演了一些具有时代特征的节目，丰富群众的业余文化生活，但缺乏吸引力和生命力。20世纪七八十年代，我七八岁的时候，恢复了古装戏剧。里下河飘荡的秀水，孕育了扬剧独特的艺术魅力。家乡人爱看戏，更爱看自己的地方戏，对扬剧热爱、痴迷、陶醉，是赏鉴者和知音者，民间脍炙人口的传统曲目《王樵楼磨豆腐》《王瞎子算命》等，更是耳熟能详、老少皆知。

家乡是个古老的农村集镇，大会堂是四里八乡的地标建筑。农活清闲了，剧团不失时机地赶来演出，海报一张贴，唱戏的消息就轰动了。亲戚平时走动少，有了看戏的理由，你来我往地走亲戚、会朋友，脸上写满了快乐和幸福。小孩更是乐乎地东跑西颠，大呼小叫，不仅能看到精彩的扬剧，还有零花钱买零食。有经营头脑的乡亲，借着看戏的人气，在大会堂门口铺下小摊子做生意，有卖小孩玩具的，有卖糖果甘蔗的。还有卖料糖的老人，挑个热气腾腾的糖担子，变魔术般捏出逼真的卡通造型，插在麦秸草扎成的草磙子上，吸引着一群小孩久久不愿离去。

一天唱两场戏，下午一场，晚上一场。一到戏快开演的时候，大会堂门口人满为患，拥挤不堪。负责检票把门的老头，是个单身，固执认真，不买票是不会让你进去看戏的。台下是黑压压的人群，手里拿着戏票对号找位置、唤朋友。小孩最喜欢的是那份热闹和快活，在人缝中挤来挤去。有胆大的孩子凑到台前，好奇地撩开帷幕，想看个究竟，舞台管理人员拿着麦克风一声呵斥，吓得孩子羞涩地赶紧跑开了。

锣鼓声响，丝管骤起，闹哄哄、吵嚷嚷的场面顿时寂然。大红的帷幕徐徐隐去，演员凤冠霞帔、满面油彩地登场了。舞台两侧用幻灯机打着字幕，舞台拐角处是乐队吹、拉、弹、击做伴奏。扮相和唱腔丰富多彩，温柔缠绵。舞台上的生、旦、净、末、丑，眼波流转，水袖轻扬，云步轻点，缓吟轻唱，头上晃动着闪闪发光的珠钗，五彩光鲜的戏服亮着金丝银线，嘤嘤咛咛唱腔清越、婉转如天籁之音，精彩的唱念做打，引人入胜的故事情节，使观众乐以忘忧，陶醉戏中，同悲同喜。

小孩不懂戏，不知戏里的情节是怎么回事，但耳濡目染，还是记住了一些。如扬剧经典戏《珍珠塔》，姑母方朵花嫌贫爱富棒打鸳鸯，貌美端庄的小姐却对家道败落的书生坚贞如一。穷书生奋发图强，上京赶考，中了状元后来到小姐府上，姑母既后悔又惶恐。剧情一波三折，结局符合中国人的审美习惯，才子佳人，终于成就一段美好姻缘。小小的舞台，演绎的是做人处世的大道理。人生如戏，老百姓看扬剧，在戏中懂得了真善美、假恶丑。

戏不散场人不走。有时戏散场了，我悄悄去后台看他们卸妆，一个是小生模样的，脱去戏服后，却是女串生角，眉眼姿丽的女子，将小生演得那般风流俊朗，我惊得说不出话来！

剧团收拾物件离开那天，我远远看着他们匆忙的身影，忽然有点感伤。我想,应该是戏散了,大都心里舍不得吧。

母亲是铁杆戏迷。剧团去了十几里外的邻镇,母亲田头劳作回来,也要徒步赶戏。我纠缠哭闹执意要去,和母亲相约的戏友在一旁说情,母亲勉强同意。十几里的路程蹦蹦跳跳转瞬就到了,但看戏回来,我却睁不开眼睛,迈不开步子,母亲只好把我背在肩头,踏着一层皎洁的清辉匆匆赶回,舐犊之情尽在其中!

家乡的朋友知道我是扬剧热心票友,邮寄了几张新版的扬剧碟片。坐在家里也能享受到音色纯正的扬剧,清晰地看见五彩缤纷的舞台和舞台上演员美丽的装扮。可每当熟悉的板胡声响起,我的心便隐隐地痛起来,那戏里戏外的世界不由得让我想起了过去,想起快乐的童年,还有那赶戏的日子。

扬剧,难舍的乡音!

原载《高邮日报》(2007年9月)

又见桑树果子

我居住的大东关街是太原的老街道,小商小贩吆喝声不绝于耳。街上闲逛,意外发现街角农村大嫂的担篮里,几片肥绿青翠的桑叶下掩盖着乌黑晶莹的桑树果子,让我惊诧又惊喜。这些桑树果子把我的思绪带回到遥远的故乡,带回到童心无邪的儿时,也带回到桑树果子熟了的时候。

桑树果子,是故乡对桑树上结的果实的方言称呼。多少年没有吃过桑树果子了,甚至是多少年了都没有看见过。桑树果子已经在我的视线中依稀恍惚,渐行渐远,但那酸甜味儿却记载着我儿时的温馨和欢乐,留下一串甜美的紫色回忆。

桑树果子,嫩时色青而味酸,熟透时变紫黑色,黑中透亮,多汁且味甜。高邮的东乡是生养我的热土,那里没有大片的桑树林,但零星生长在田埂地头、河沟堤岸枝繁叶茂的野生桑树随处可见。

大约五六岁那年,奶奶和外婆在宽敞的大会堂给大队养蚕挣工分,我像尾巴一样屁颠屁颠地跟在老人身后。听着蚕宝宝贪吃桑叶的"沙沙"声,我也学着抓一把桑叶给蚕宝宝添食加料,淡淡清香的桑叶中间夹有青红的、紫黑的桑树果子。年小幼稚,我经不起果实的诱惑,流了口水,偷偷拿起一颗桑树果子舔了一下,是酸甜味,于是高兴地吃了起来。再吃一个，是青青的小刺果子，一股淡淡的说不出来的酸涩味道。印象中，这就是我第一次吃桑树果子。

到了疯跑玩耍的年龄，我经常和小伙伴们在野外贪玩。母亲担忧我爬树摔下，掉到河里，发生意外，煞有介事地吓唬我：桑树果子是蛇吃的，有毒。大人的确是少有采摘桑树果子吃的，现在想来，大概因为紫色的汁液会将手、唇、齿染黑变色的缘故吧。老家的桑树下，散落了一地熟透的紫黑色桑树果子，几天时间就腐烂了。而且地面上蛇虫多，早已被光顾过了，很少有人在地上捡，贪玩的孩子都是现摘现吃。

读小学的时候，学鲁迅先生的《从百草园到三味书屋》这篇课文。朱阿林老师特别要求背诵这一段描述："不必说碧绿的菜畦，光滑的石井栏，高大的皂荚树，紫红的桑葚，也不必说鸣蝉在树叶里长吟……"年龄尚小，对先生文章的意境是理解不了的，但因为这句熟悉的背诵，让我知道文章中的桑葚是学名，就是老家的桑树果子。因此，我对桑树果子也就多了一份深深的喜爱和眷恋。

到了秧田灌水的季节，阳光正好，绿意正浓，也是桑树果子熟了的时候。在绿油油的桑叶中间，很多绿的、红的、黑的桑树果子悬挂在高高的枝头，润泽透亮，撩拨人心。放学回家，一扔书包，就迫不及待地叫上要好的伙伴，向村外田野奔去。来不及脱去鞋子，三下两下蹿上树去，骑在桑树果子较多、颗粒较大的树干上，伸手就去摘食。西摘一颗，东薅一把，一粒粒桑树果子就滑到了嘴里，一股清甜甘醇从舌尖蔓溢开来，沁人心扉。树下的孩子羡慕地仰着头，满眼期待。树上的用力振臂摇晃几下树枝，沉甸甸的桑树果子像雨点一般噼里啪啦落下，撒满一地；树下的人欢呼一片，捡填入口。一群孩子，吃到满嘴乌黑，手指赤紫，相视大笑，欢声笑声童真童趣在桑树下久久飘荡萦绕。

美好的童年时光，恍若如昨。久违了的桑树果子，让我仿佛又看到了那个穿着染花了小背心的纯真少年趴在粗糙斑驳的桑树上，乌黑乌黑的嘴里还在吞咽着桑树果子，脏兮兮的小脸蛋上堆满了灿烂的笑容。

人到中年，再拿一颗饱满丰腴、黑胖圆亮的桑树果子放入口中，轻轻地、轻轻地咀嚼，却找不到童年的味道、儿时的幸福和满足。心，怅然若失，变得空荡荡的……

原载"高邮网"（2018年5月）

远去的打夯号子

江苏安宜集团的万总和我是同龄人,更是知交。房地产业如火如荼,安宜集团承担开发成熟典范小区的建筑施工业务。

一次闲聊。我说,现在流行原生态,这么大片工地,用人工打夯奠地基,场面是不是很壮观、很雄伟。万总说,喊着号子打夯的场面当然热闹、震撼,但那个时代已经是一去不返了。他是宝应人,宝应与我故乡高邮毗邻。显然,万总对农村盖房奠地基、喊着号子打夯,也是根植在内心深处的。

农村盖新房挖地基,第一工序做的就是夯实地基。20世纪80年代的农村,没有机械,只能依靠人工作业,齐心协力打夯砸实地基。一家有事,众乡亲援手。那个年代,朴实、善良的乡亲都是义务帮忙干活的,不图报酬,不收工钱,甘愿吃苦,肯卖力气。打夯是个重体力活,几根碗口粗的木头杠子牢牢捆绑在桶状的石磙子上,重约150千克,需要五六个精壮劳力一起抬杠打夯。心想不到一起,劲使不到一处,夯石就抬不动、砸不实。为了提精神、鼓干劲,让打夯人的心思集中,动作协调,发力一致,打夯号子应景而生。打夯号子吼得高、唱得响,鼓舞和激励着打夯的汉子,施工听令,步调一致。

一人领夯,众人呼应,声声不息,打夯不止。记得经常领夯的是顾家大伯，我小姑父的大哥。他是当兵退伍回来的，村民笑喊他"大啰子"，大概是他口若悬河吧！我很小的时候，还记得他被游街批斗，后来平反，安置在高邮的一个国营果树场工作。我特别喜欢听打夯号子，哪里打夯，就往哪跑，感觉既新鲜又好玩。十来岁，年龄尚小，并不曾去留心领夯人的唱词。只记得，现场发挥，朗朗上口，顾家大伯领夯唱一句，如同号令一般，打夯的人节奏鲜明地轰然齐声应答：嗨——哟！把夯石高高举起，重重摔下，震得地基"咚、咚"的颤悠，把松软的地基砸得坚坚实实。嘹亮的打夯号子冲破云霄，响彻天地，是劳动者在艰辛劳作时的宣泄和呐喊，也充满了欢乐和喜庆，自然吸引不少乡邻凑着热闹来看来听。观众越多，喊夯的人越来劲，打夯的劳力更卖劲，打夯时间不长，打夯人气喘吁吁，汗流浃背。愣一点的年轻人，脱去衣服，露出强健的肌肉，盖房的工地上热火朝天。我和几个半大不小的孩子窜前跑后、手舞足蹈，也跟随着大声喊：嗨——哟！一脸的兴奋和激动。

轮换打夯，席地而坐，主家殷勤地笑着递烟，是平时舍不得抽的大前门卷烟。大方一点的主家，还会抓一把水果糖抛向空中，撒在地上，一群小孩乐呵呵地疯抢而散。

往事缥缈。前两年，顾家大伯已谢世，打夯的劳作也已销声匿迹在历史的滚滚红尘中，那渐行渐远的"打夯号子"更是很难听到了。打夯号子，是最原生态化的歌，是劳动者创造的歌，是人间的天籁之歌，滚淌着汗水的晶莹，散发着泥土的芬芳，印记和镌刻着浓厚的民间艺术色彩。铭记过往，回看今朝，在文化复兴的大路上，我期待着那远去的打夯号子的挖掘、弘扬和继承。

雄厚悠长的打夯号子和那掷地有声的"咚咚"夯声，又久久地萦绕回响在我的耳畔！

原载《扬州晚报》（2020年5月）

摘棉花的日子

近几天,断断续续地看电视剧《花开时节》。该剧讲述了来自河南兰考的农民工千里迢迢西下新疆采摘棉花的故事。看着这部电视剧,我自然想起年少摘棉花的日子。追溯往年旧事,记忆犹新,难以释怀。

年少的记忆中,在棉田摘花劳作是件辛苦却快乐的事。

家乡是产棉区,农村承包责任到户后,按照村里统一安排,每家每户都种着几亩棉花,期盼丰收后,到棉花收购站卖个好价钱,增加收入,贴补家用,改善一下窘迫的日子。特别是当年有婚嫁的人家,更需要攒点上等棉花,弹成棉胎,缝几床厚薄不一的喜庆棉花被子,这是我们里下河地区的老传统、老习惯,是男婚女嫁不可缺少的物品。现在的被子花样多多,时尚漂亮,但多少年来我一直盖的还是当年结婚时的被子,那是父亲、母亲辗转镇江乘坐绿皮火车扛到太原的被子,温暖在身,更温情于心。

种植棉花是很烦琐、很辛苦的事情,须付出大量的劳动。棉花生长周期长、工序多。早春时节,柳条抽枝,就得忙碌打棉花钵子,搭塑料棚子;长出苗后,还要剔苗、移栽;长到齐腰深,需集中养分,要打花岔、掐花尖,还要一遍一遍喷洒农药。摘棉花的活儿看似轻松,但熬人熬时,煞费苦心。

　　花开时节,傍晚放学,在村里任教的母亲总是匆匆忙忙奔向棉田,天快黑了,母亲肩扛棉花满载而归。那一年,我辍学在家,家里棉田的采摘任务就义不容辞地落在我柔弱的肩头。金秋十月,田野的这头金灿灿的,那头白茫茫的。棉絮脱桃而出开于枝杈,雪白雪白的。放眼远眺,无边无际的田野里,一片银色的世界,清风摇曳,白浪翻腾。棉花盛开,必须及时采摘,一旦被雨水淋湿,就会发黄,卖不出好价钱。母亲手巧,用白色粗布做了有三个口袋的大布兜,以便把采摘的棉花区分开,好的棉花装在布兜中间的大袋子里,僵瓣棉、生虫棉等就分别放在两边的小袋子里。摘棉花时以多云天气最佳,九点以后下地,此时的露水已褪,棉田不再潮湿。我身上拴着大布兜,两只角套在脖子上,另两只角系在腰上,一头扎进了棉花地里,穿行于棉花丛中,双手并用,开始紧张地采摘棉花,把从棉桃里绽放出的白色棉花抓出,从两肋间塞到布兜里。布兜越来越沉,塞得满当当的,走路摇摇晃晃。田埂边放着几条蛇皮袋,摘满布兜,就把棉花倾倒在蛇皮袋里。身上轻松几许,再返回棉田继续采摘。

　　地头那么长,棉花那么旺。手指在棉花间上下飞舞,一不小心,尖锐的棉枝和花壳就会划破手臂,伤痕累累,血迹斑斑。邻地的顾家大哥,年长我几岁,手头麻利,摘花干净。他布兜一满,就招呼我到地头歇歇。不停地低头,不停地弯腰,花摘得不多,但人却累了,就陪顾家大哥坐在田埂上,小憩一会儿。看天如碧海,云似轻舟。偶有飞鸟掠过,留下啼啭的鸣声,那是一幅宁静的水墨丹青图,深深地定格在我心魂深处。我们闲聊人生,偶谈社会。说到茫然处,顾家大哥给我递来一支烟,抽了一口,呛得我说不出话来。坐得久了,花摘少了。到了午饭时间,我也羞于扛半袋棉花回去,悻悻空手而归。家人闲坐,父亲至今还在戏谑说笑这故事。下午抓紧时间干活,回家时手提肩扛满满两蛇皮袋棉花,村里的大大、大妈见了,都说,这孩子真能干!

  我从棉花地头走来!走入北国军营,融进繁华都市,也留在省直机关单位上班,但我始终怀念棉花盛开的故乡,留恋棉花喷白吐絮开遍的田野,以及那远去的纯净的年少岁月……

原载《扬州晚报》(2020年5月)

照亮童年的煤油灯

　　线路故障停电的夜晚,我独自在办公室,呆怔怔看着点燃的烛光,思绪回到遥远的童年,回想起幽幽光亮的煤油灯,和在煤油灯下青灯孤影读书的童年岁月。

　　煤油灯曾是农村生活的主角,是必备的生活用品和照明工具。我儿时的一部分记忆是与煤油灯有关的。生产队经常固定在一户社员家里开会,他们家把堂屋和房间的土坯墙凿空个小洞,放置一个自制的简易煤油灯,铁的底座上是个圆盘,在圆盘里面倒上煤油,一根灯芯一头浸在油里,一头露出圆盘口外。一束黄豆粒般大小的灯火,幽亮昏沉,忽明忽暗,衬托着社员们一张张和善的脸,也把墙洞的上围熏染得黑黑一片。我依偎在父亲怀里,盯着燃烧的灯火,感到柔和温暖、如梦如幻,感到火苗里孕育着神奇、神秘,让人充满遐想和神往。今日想来,那朦胧的记忆,依然充盈着浪漫和诗意。

　　长大了点,我还没有柜台高,常常从母亲手里接过一毛钱,拎着煤油瓶到供销社去打火油(是煤油,老家人把煤油叫作火油)。晃悠回家,取下灯罩来,对着灯罩哈气,有了湿度就容易擦干净。罩子里面不好擦,得借用一根筷子顶着干抹布来擦,不多一会儿就光洁可见了。再往灯座里灌满煤油,用火柴点燃浸了煤油的棉灯芯,火苗上下蹿几下,把煤油灯旁的一个控制旋钮转动几下，光烛平稳后，扣上灯罩，煤油灯就点亮了。

柔和的油灯之光映照着农家窗户，星星点点，散落在静谧村庄的角角落落，如同夏夜里的萤火虫，把乡村的夜晚渲染得妩媚温馨。

煤油灯光暗淡微弱，带来的却是一份光明、一份生活的希望。那时候，经常几个房间只点一盏煤油灯，做饭时点亮厨房，一家人便都围在厨房；做好饭后，把饭菜端到堂屋，煤油灯也拿到堂屋；一家人聚在灯下，乐在其中。农村人生活节俭，平时吃饭或闲聊，常把灯芯捻小点；而我和妹妹要学习，母亲要做针线活，才把光放大些。灯芯有时会生出硬结绽放灯花，这时母亲会用缝衣针去挑掉它，或用剪刀把硬结剪去，使灯芯正常吸油，保持亮度。晚饭后，我和妹妹开始在摇曳的煤油灯下做家庭作业，预习新课。长夜漫漫，灯火煌煌。艰苦的环境激发着人奋斗进取、拼搏向上，努力去改变自己的前途和命运。我一心向学，伏案苦读，在知识的海洋里尽情遨游。煤油灯下，认识了古时的李白、辛弃疾，结识了近代的鲁迅、巴金，煤油灯的光线描绘出我渐长渐高的身影。

煤油灯是我童年亲密的伙伴，陪我度过许多寂寞的夜晚，给童年单一的生活增添了许多乐趣。看着自己被灯光放大了好几倍的弱不禁风的身体，在墙壁上夸张地拉长摇晃着，我和妹妹就将两只小手握在一起，用双手和手指的变化在墙上产生不同的投影，争着表演小狗、小猪、小兔子等动物，看谁的造型更逼真、更有趣，那也是儿时很喜欢的游戏。

童年的画板上，一盏小小的煤油灯，点燃了我的梦想，照亮了我的童年，也见证了我们这一代人的成长。忆往抚今，煤油灯一去不复返，但那束不息的小小火苗却依旧点燃在我的心里，为我照亮着漫漫前行的人生道路。

原载《高邮日报》（2006年11月）

棒冰，童年的味道

这个冬日，战友自远方来。酒过三巡，他习惯一定要喝啤酒，而且啤酒里一定要放上一支雪糕。

雪糕就是儿时的棒冰，是夏天里的消暑零食。记忆深处，总是忘不了儿时炎炎夏日里，响荡耳畔的木块有节奏地敲打着木箱的"咣、咣"击打声，一声洪亮而悠长的"棒冰"吆喝声。更难以忘却的是童年岁月里的棒冰味道，也是我内心深处回味悠长的冰凉甜润！

我的童年和少年是20世纪的70年代和80年代，那个时候，能吃一根凉凉的、甜甜的棒冰，对我以及那个年代的同龄人，简直是一种奢侈的享受。

现在的曹张村已经撤村合并到司徒了，过去，是一衣带水的邻村。记不清具体年代了，曹张村曾经开过一个村办食品加工企业，从事棒冰的生产和销售。棒冰制作简单，种类也寥寥无几，我能记起的只有白棒冰和赤豆棒冰。白棒冰应该是用水和冰糖或糖精之类的东西混合后冰冻起来的；赤豆棒冰呈褐色，前段三四厘米是红豆沙。一根细细的竹棍上冻着一个条形的冰块，外面再用一层简陋的白色包装纸包裹，就是一根棒冰了。

那个时候，还没有冰箱、冰柜。印象中，卖棒冰的小贩在二八大杠的自行车后座绑上一个木头箱子，外表漆成白色的，用毛笔描上醒目红色的"棒冰"两个字样。棒冰箱子上端开口，木盖插合，上面的一半是活动的，开合非常灵活。箱子里裹进棉胎，里面放入棒冰，然后走村串巷地流动着叫卖。那时的白棒冰四分钱一根，赤豆棒冰六分钱一根。尽管廉价，但那时农村的经济条件还不是很宽裕，家长是舍不得给孩子零花钱买棒冰的。大伯客居上海，每月按时给奶奶寄养老钱，奶奶节俭，平时也舍不得花钱贪图享受，但宠爱我，夏日的下午上学，奶奶隔三岔五会给我几分钢镚儿，让我去买棒冰解渴、解馋。钢镚儿在手心攥出了汗水，犹犹豫豫舍不得买，终是抵挡不住诱惑，在一群同学羡慕的眼光里，我迫不及待地剥去包装纸，把棒冰含在嘴里，舍不得咬上一口，只是用舌头慢慢地舔、细细地品。每舔一口，一份凉爽，冰透心扉，真是觉得这就是夏天最好的美味、夏日里的最爱了。

儿时的暑假，我都喜欢住在大姑妈家。大姑妈家境虽贫，却淳厚质朴，对我疼爱有加，几个表哥表姐对我也是呵护备至。流金铄石，酷暑难当，每有卖棒冰的小贩穿梭叫卖着路过屋檐下，大姑妈总要从鸡窝里摸出一颗鸡蛋，让我去换棒冰吃。年幼无知少不更事，我贪恋棒冰的甜蜜凉爽，却浑然体会不到大姑妈生活的拮据和艰辛。

穷人的孩子早当家。存荣和我深交多年，胶漆相投。他是江都樊川人，其实和我老家相隔很近。他的生意日月升恒，盆满钵满。而光鲜和亮丽的身后，却是酸楚和窘迫的童年，童年里的棒冰也充满了酸涩和苦汁的味道。存荣曾多次和我谈到他十岁那年，母亲肝腹水病重期间，想吃一支棒冰。他一溜小跑到樊川镇上买了两支棒冰，急急忙忙往回赶。一个十岁的孩子，童年的生活没有阳春白雪，没有诗情画意，只有苦楚和泪水，还有那伤心的往事。第一次手上握着棒冰，第一次感到棒冰的凉爽，第一次闻到棒冰的清香，而这棒冰是母亲弥留之际的念想,是年龄尚幼的孩子表达的一份孝心。天气炎热,棒冰融化,冰水嘀嗒嘀嗒地流淌,他莫名其妙不知所以,轻轻吮吸一口,如饮甘饴。喝着化解的冰水,一路回味,轻松回到家后,把棒冰送到母亲的病榻前,剥开包装纸,里面只包裹着一根小小的木棍,他怔怔地傻了眼……七尺男儿,每每谈到这一幕苍白的回忆,都难以压抑心痛和泪水,碎裂成行。

一段韶光,苍老了一段年华。怀念儿时的棒冰,那是童年纯净、清澈的味道,平淡而又甜蜜,爽口而又苦涩!

豆腐

汪曾祺先生是我家乡高邮人,不仅是享誉文坛的大作家,更是资深地道的美食家。曾专文写过一篇洋洋洒洒四千余字的散文《豆腐》,文中对这种价廉物美、营养丰富、滑润清香的大众化食品,如数家珍,侃侃而谈。文中多次提到高邮的豆腐,高邮界首的"茶干",高邮周巷的"汪豆腐",香醇浓郁、诱人馋涎。汪老笔下的豆腐写得极富家常情调,而高邮走出的民营企业家陈寿平的豆腐产业风生水起,更有格调。

寿平和我是同龄人,且我们的老家仅一河之隔。俗语说,"人生三大苦,撑船打铁磨豆腐"。寿平的祖上在古庄做豆腐,经营有道,置买了田产,阶级成分划分的时候定为了地主。我祖上在司徒大街上打铁为生,其实,做的都是辛苦活计。寿平继承祖业,把豆腐卖到了北方,在太原创建了现代化生产流程的金大豆食品有限公司,也算是豆腐世家了。随着食品的深加工,金大豆的豆腐品种也在改良增加,回归自然,提高纯度,由原来单一的卤水点豆腐,发展到用石膏点的嫩豆腐、入嘴就化的乳脂豆腐和各式各样的豆制品等,年销售额超过亿元,走出太原,溢满山西,成为尖草坪区的龙头产业。寿平能有今天的成就,和他平素做人是紧密相关的,就如他做的豆腐一般,洁白温润、清爽细腻、方正有形。

豆腐是中国的国粹，是饮食文化素食菜肴的主要食品，也是老百姓餐桌上常见的副食。其色白净，其质柔软，老少皆宜，生熟皆可，深受大众的喜爱。我内侄女张北方嗜好豆腐成痴，是"宁可一日无肉，不可一日无豆腐"，平时的零食就是一块豆腐，手掐一块豆腐，放入嘴里，嚼得有滋有味，百吃不厌。

20世纪70年代，我出生在里下河的农村，在那个时代长大的，对豆腐更熟悉、更有情感。20世纪80年代初，农村的生活还很贫困，豆腐虽然经济实惠，但也属于"珍馐"食品。家里来客人了、逢年过节才能吃上豆腐。菜园里青黄不接时，大街上也有卖豆腐的。"菜不够、豆腐凑"，家里临时来了客人，奶奶总会给我两毛钱，让我拿着碗去街上"捧"豆腐（"捧"是老家的方言，称买豆腐为"捧"豆腐）。我记得，那时候的豆腐才四分钱一块，虽价格低廉，却是招待客人的一道上等好菜。豆腐的做法五花八门、花样繁多，我独爱家乡的普通菜肴——汪豆腐。童年的时代，饭桌上有一份汪豆腐的日子，便是奢侈的幸福生活。

豆腐更是春节储备的必备年货，每年的农历腊月二十以后，家家户户都要张罗磨豆腐。豆腐原料是一般黄豆，制作的方法还是原始的传统工艺，纯粹依靠人力来完成，一道道工序是烦琐、繁重的苦力活，既消费时间，又消耗力气；既需要耐心细心，又必须掌握丰富的经验。选豆要精、磨豆要稳、煮浆要慢、滤浆要细、点卤要匀。那几日，村里的豆腐店里豆香四溢，雾绕四方。人们有计划地排队等候磨豆腐，挑着的桶里是浸泡一夜后的黄豆。那时候的黄豆都是自家种的，施用的是农家肥，颗粒并不大，但依旧饱满充实。磨豆腐需要两个人配合，推磨和往磨孔里舀黄豆。豆腐店里的"丁"字形工具的推杆"咯吱咯吱"响个不停，石磨一圈一圈转个不停，白白的豆浆就在两块石磨中间，汩汩流淌出来，落在大缸里。我小时候调皮，争吵着要推磨，费了很大的力气，却推不动磨盘。"有钱能使鬼推磨"，就是说有钱人可以让鬼来代替推磨这项苦力，可以想象这个活计有多艰难。磨豆腐，一个"磨"字写进了多少无奈的辛酸和无限的柔情。那个时代的农民，生活困苦、性格坚韧，就是在这苦苦煎熬的推磨中品味着生活的点滴甘甜。

豆腐店里的房梁上有一个固定的十字架，四个角吊着方形的粗纱布布兜，是专门滤浆用的纱包。豆浆在重力作用下，从纱布中沥出，漏到下面大缸内，包里剩余的渣子，就是豆腐渣。豆腐渣是舍不得扔掉的，父亲用麻菜和豆腐渣一炒，是早晚吃米粥的可口小菜。

豆腐做好后，养在装着清水的铁皮桶里。豆腐柔软光滑、晶莹剔透，我抵不住豆腐清香的诱惑，偷偷地掐上一块，悄悄地塞入嘴里，绵软可口、余味悠长。

豆腐，承载了一份美好的回忆，一份温暖的情怀。清浅的时光里，飘溢出人间烟火的馨香。我似乎又闻到了一碗"汪豆腐"散发着清新的气息，颤悠悠、香喷喷的，从千里之外的故乡飘然而来。

第二辑 血脉里的亲情

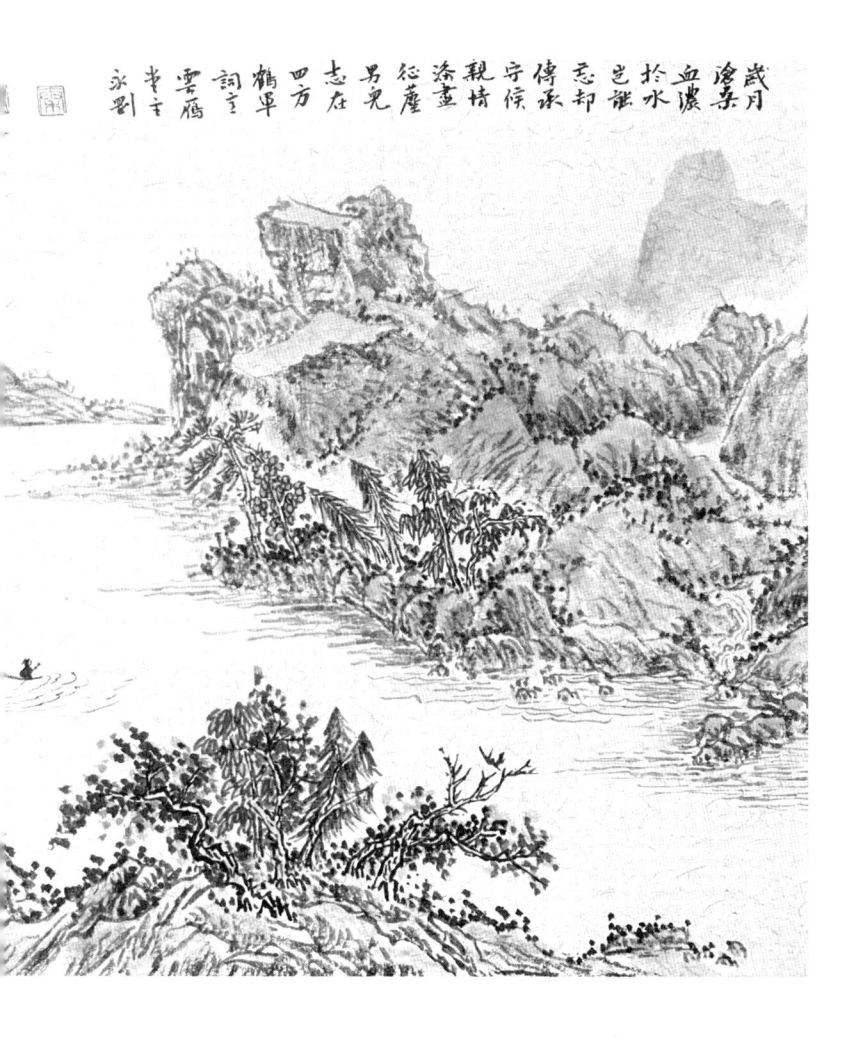

岁月沧桑,血浓于水,岂能忘却传承?

守候亲情,涤尽征尘,男儿志在四方!

祝福

一轮上弦月挂在半空，我辗转反侧，难以入睡。

今天是父亲五十岁的生日，作为儿子应该回去为父亲贺寿的，可我只能在北国大山深处的军校里，写下对父亲的思念和祝福。

小时候，我体弱多病，父亲经常背着我去四里八乡求医问诊。一次病重，医院已不收留。可父亲舐犊情深，怎么也舍不得放弃最后的希望，悄悄敲开被打成右派的一个老中医的家门。老中医开了副偏方，我才奇迹般地生还。

成长的道路上，父亲从来没有责备和打骂过我和妹妹，给了我们几许呵护，几多疼爱。梦想中的象牙塔关闭了大门，父亲鼓励我当兵去。我长大了，想着自己走了，家里种责任田的担子就落在父亲的肩上了。父亲是村干部、老党员，虽只是初中文化，却知道当兵为国尽义务的道理，也更希望自己的孩子在部队这所大学校里经风历雨，锻炼成长。在父亲的坚持和支持下，我把憧憬和理想打进背包，告别了父母和亲人，参军到了北国的军营。

当兵三年，父亲给我的每一封信都说家里一切安好，不要挂念。在父亲的期盼和鼓励下，入伍第一年，我当上了班长；第二年，我入了党，个人荣立了三等功，所带班又荣立集体三等功；1993年9月，我又顺利地考入了武警指挥学校。其实，每一步成长进步的背后，都是家人默默地关爱和付出。

我当兵离开家后，1991年，家乡遭遇了特大洪灾，父亲带着村民白天黑夜在抗洪一线，坚守了两个多月，累倒在大堤上。1992年，妹妹高考落榜，全家人失望又失落。1993年春节后，母亲因病住院做手术，亲朋好友都劝父亲通知我回家，父亲极力反对，说无论多大事，也不能影响孩子在部队安心服役。而这些事，父亲的来信中，从来没有提及过，每一封的平安信，都是善良的谎言，都是为了让我安心工作，争取立功受奖。

"忠孝古难全"。今天，是父亲五十岁的生日，我真的应该回去。但我是武警部队院校的一名光荣学员，是武警部队未来建设中的中坚力量。学院课程安排紧，训练任务重，我真的又不能回去。

抬头望月，就让窗前的这轮明月捎去我的祝福，愿父亲健康平安，幸福快乐！

1993年12月，高邮人民广播电台播报

芭蕉扇摇

新居是恒湿恒温恒氧的科技房。酷暑盛夏，没有电扇空调，屋子里依然是凉爽如秋。儿时，乡村还没有正常供电，别说科技恒温房，电扇都是稀罕物、奢侈品。绵长炎热的夏季，芭蕉扇就是消暑纳凉、驱蚊轰蝇的理想工具。

芭蕉扇摇，原始纯朴，手动风起，凉拂心田……

小时候，老家的夏天酷热难耐，芭蕉扇是每家每户的必备物品，谁家都有好几把。家里买回来新的芭蕉扇，母亲十分爱惜，总会找来零碎的长长布条，裁剪成两三指宽，沿着芭蕉扇圆形的边沿，用细密均匀的针脚给芭蕉扇镶上一道边。如此一来，虽显笨拙，但胜在结实耐用。同时，再往扇柄上打一孔小眼儿，用细绳子拴住，不用的时候就可以挂在墙上，可谓取用方便。上海的亲戚回来，给家里送了一把黑色的纸折扇，很漂亮却很少使用，感觉总是不如使用芭蕉扇顺手轻便，摇动凉爽。

落日熔金，天渐断黑，家中高温难耐。在家中的小院子里泼水净地，搬出小桌小凳，挂一盏马灯，点一盘蚊香，摇着芭蕉扇，一家人其乐融融地围坐在一起喝大米粥，吃萝卜干，掏咸鸭蛋。一顿晚饭，汗流浃背。我乖巧地站在大人身后，嘴里不停地数着数，双手握住芭蕉扇柄用力扇起来。那时，年迈的奶奶总是乐呵呵地抚摸我的头，一个劲地夸我孝顺懂事。

屋子里的床上挂着纱布蚊帐，显得密不透风。闷热出汗，浑身黏糊，愈发难以入眠。吃过晚饭的左邻右舍，拿一把小凳，扛一张躺椅，不忘拿一把大芭蕉扇，聚集在村头巷尾通风处歇息纳凉。三五成群的村民凑到一块儿，或坐或躺，谈不完的乡邻趣事，道不尽的年景收成。手中的芭蕉扇不紧不慢、不疾不徐地起落着，摇落了夏晚的燥热，也摇落了一天劳作的疲惫。

乡村的夜晚，几多迷蒙，几多静谧。晴朗的夏夜，深邃浩瀚的夜空，或是星斗满天，或是一轮明月。风起云动，蟋蟀轻鸣，知了聒噪，萤火虫好似提着闪闪发亮的灯笼，一会儿远、一会儿近、一会儿高、一会儿低地飞来飞去，星星点点的萤光在黑黑的夜晚里熠熠生辉。"轻罗小扇扑流萤"。我和妹妹兴奋地用芭蕉扇追打着萤火虫，把抓到的战利品装入小玻璃瓶中，拧上钻了孔的瓶盖。

院子里支着简陋的竹板床，上面简单地铺着旧草席。疯够了，玩累了，一身热汗，我跳跃上去，仰面躺倒。皎洁的月光透过婆娑的树枝叶，投下斑驳的光影，洒落在我的身上。奶奶盘腿坐在旁边，恬静慈祥，手执芭蕉扇，在夜空中划着弧线，有节奏地摇起来，一下一下从我的头顶到脚下，不停地转换着摇扇、拍打。清风徐来，惬意怡人，浑身燥热随风而逝。我望着苍穹，数繁星点点，童真童趣，混沌初开。奶奶识文断字，一肚子故事，芭蕉扇摇，送来了奶奶的牛郎织女、嫦娥奔月，也送来了奶奶的岳飞报国、孔融让梨……摇着摇着，奶奶把我摇入了沉沉的睡意中；讲着讲着，奶奶把我讲进了甜甜的梦乡里。有时睡醒，看见奶奶打着盹，却还机械地摇着手中的芭蕉扇。子夜时分，凉风已起，奶奶把我抱到屋子里的床上。第二天早晨醒来，发现自己在蚊帐里，迷迷糊糊地询问奶奶，我是怎么回来的。奶奶笑着打趣说，你睡得跟死猪一样，几个人把你抬回来的。

夏夜的芭蕉扇，伴我童年匆匆的脚步。奶奶摇了一暑又一暑，一摇便是多少年，庇护我安然消夏入秋，悄然成长。

芭蕉扇摇，摇凉了暑天溽热，摇出了长辈温情，摇走了沧桑岁月，摇变了迟暮容颜，却摇不断心中那份记忆，摇不断对作古多年奶奶的思念。

原载《山西日报》（2018年7月）

布鞋

我是一个农家子弟,出生在20世纪70年代初期的苏北里下河农村。那个年代,生活拮据,物质匮乏。和许多乡下孩子一样,我也是穿着手工纳制的粗布鞋长大的。

我的小姑妈是个朴实的农家妇女,没有文化知识,却是做女红的一把好手。冬季农闲时节,我们生产队的大姑娘、小媳妇围在小姑妈门前,一边晒太阳,一边剪鞋样、纳鞋底,忙着做新布鞋,很是热闹。小姑妈先用面粉打成糨糊,把积攒了一年的零碎布头拿出来,洗净理平,一层一层地粘贴在卸下的门板上,然后在太阳下晾晒。这就是做千层底布鞋的毛坯子,老家叫作"糊帽子"。纳鞋底是项硬功夫,要有耐心和恒心。记得有一次,小姑妈揣着鞋底回家串门,边纳着鞋底子,边陪奶奶她们闲聊一些家长里短。昏暗的油灯下,小姑妈手指上戴着布满小圆坑的针箍子,一手捏着针,针引着线,线牵着鞋底,一针一针地纳,一线一线地穿,线与鞋底的摩擦"嗤嗤"声悠悠扬扬。鞋底厚实,几乎每一针都要借助针箍子抵住针,才能穿透鞋底。有时走了神,一不小心戳在手上,点点血花缀染指间;有时针涩了,小姑妈就用头发蹭蹭手上的针尖。小姑妈纳的鞋底,针脚细匀,横竖成行,厚实精致。主要工序完成后,鞋面的工作就相对轻松了,但要讲究技巧，鞋面的四周要完全吻合于鞋底的四周。小姑妈用锥子从鞋面的底面穿上来，一直穿过鞋面四周的边缘，将鞋面牢牢地用线固定在鞋底上缝合在一起，一双舒适美观、柔软透气的布鞋就做成了。

我穿着小姑妈做的千层底布鞋走过了童年、少年。当兵临行，小姑妈赶制了一双布鞋送我。但入伍后，部队要求规范，标准统一，穿戴必须是配发的军用品，小姑妈做的布鞋只能存放在库房的留守包里。军旅之路，居无定所，当兵的几年里，打起背包就出发，常常变更驻地，随身携带的物品也常常丢失。但小姑妈送我的布鞋，却一直被我珍藏着。我知道，那不起眼的布鞋一层一层的是关怀，一针一针的是挚爱，针针线线融入了小姑妈对我的几许期待、几许盼望。布鞋是我精神的依赖、感情的寄托和追求进步的不竭动力，让我始终不能忘却自己是从农村走出的孩子，催我大步往前走。不负所望，当兵的几年里，我先后入党、立功，评为优秀士兵，又背着这双布鞋跨入了军校的大门，走上了属于自己的人生道路。

日子悄然逝去，不知何时，我脚上也穿上了上千元的意大利品牌皮鞋，铮亮、光彩、气派，走在没有多少尘土的繁华都市街头，我神采飞扬、意气风发，虚荣心得到了极大的满足。小姑妈做的布鞋已淡出了我的视线，远离了我的生活。

逝去的一年，是我人生道路上经历曲折的一段岁月，心难随想，事不如意。我颓废沮丧，甚至想告别军营转业回到地方谋求发展。而小姑妈的乳腺病，在手术两年后又加重复发。大病未愈、身体虚弱的小姑妈执意要来太原。在太原，小姑妈告诫我的话简单朴素，她说让我懂得珍惜，要记得自己是穿布鞋长大的农村孩子。

刹那间，我眼眶一热，泪水模糊了我的视线，脑海中浮现出当年小姑妈在暗淡的油灯下纳鞋底的情景。真的庆幸有亲情关爱，有温暖布鞋，让我重新审视自己，找回自我……

无论我走多远，爬多高，无论前方的路再坎坷，未来的日子再艰辛，我都会一路走好。因为在我的脚下，始终浸透着一份沉甸甸的亲情厚爱伴我而行。哪怕小姑妈做的布鞋我不再穿了，但存放心中，也踏实、安稳、可靠，不怕摔跤，不怕绊倒，让我脚踏实地走出一生一世的温暖、幸福和平安。

　　小姑妈，等你病好后，再为我做双布鞋吧！

原载《高邮日报》（2008年4月）

豆瓣酿情

大姑妈生育了五个孩子，在贫困的20世纪70年代，生活的确艰辛困苦。但大姑妈坚强乐观、自强自足，天麻麻亮就起床洗衣做饭，喂猪扫院。生活虽是贫穷、清寒，但寄托着对美好明天的追求和向往，承载着对儿女家人的责任和爱心，精心打理，精盘细算，把日子拾掇得有模有样，调剂得有滋有味，就像大姑妈做的豆瓣酱，虽平常平淡，但醇厚绵鲜，历久弥香。

大姑妈是做豆瓣酱的行家，熟悉和掌握着传统的酿制方法。她酿的豆瓣酱不仅色泽鲜艳，酱香浓厚，而且稀稠适中，咸淡相应，成为物质缺乏的年代，餐桌上别具风味的下饭小菜。

尽管离大姑妈家数里之遥，但我童年的暑假时光几乎都是在她家度过的。三伏暑热，天气好，温度高，日光强，是最适合做豆瓣酱的时节。我亲眼见过大姑妈酿制豆瓣酱的工序流程，但时隔日久，不能想出完整的过程，努力回忆，也只能拾取一些镜头片段。刚收成的黄豆，在筛子里翻拣一遍，剔除杂质，清水浸泡一夜，洗净后下锅煮熟，将煮烂的黄豆捣烂成豆泥，裹上面粉，搓捏成团状，平放在大匾里，在阴凉通风处等待发酵。南方本来就是潮湿多雨的气候，适合霉菌繁殖生长。几天后，豆团就发酵出绿茵茵的霉，放入矮矮胖胖的大鏪缸里，按比例加入盐水、味精和八角等多种调料一起搅拌。

豆瓣酱做好了，晒豆瓣酱是个漫长的过程，必须在三伏天的毒太阳下暴晒、户外夜露。缸放在高高的两张长凳子上，鸡飞不到，狗跳不到，以免一泡鸡屎坏了酱，狗乱蹿跳打翻缸，但苍蝇会不依不饶地围着大鏪缸乱飞乱舞。大姑妈做事仔细，做酱老道，在大鏪缸的上面围罩一块干净的白纱布，防止蝇虫腐蚀、灰尘玷污。每天，大姑妈都要终而复始地搅拌豆瓣酱，把下面的酱翻到上面晒，一身汗水，不厌其烦。一旁玩耍的我被香气吸引过来，垂涎欲滴，大姑妈便用筷头蘸上一点豆瓣酱让我品尝。鲜咸的味道直让我龇牙咧嘴，大姑妈开心地笑了。

开学了，我依依不舍地离开大姑妈家，那一大鏪缸酱在院子里还需要晒些时日。时隔不久，大姑妈串门回娘家，家里的碗柜里就多了几瓶玻璃罐头瓶装的豆瓣酱。不是值钱的礼物，但浸润和饱含了大姑妈纯洁的感情，朴实的心意。

生命脆弱，人生清瘦。2016年的初秋，大姑妈病重，从医院送回老屋准备后事。我从太原匆匆赶回故乡，回到了留着我童稚快乐的马思庄，回到了大姑妈的病床旁。大姑妈浑浊的眼睛无神、无助地怔怔地望着我。表姐问："看看，谁回来了。"神志不清的大姑妈竟然含糊念叨："侄子、侄子……"我悲从心起，落寞成殇。孤立小院里，往事一幕幕，大姑妈筛豆、煮豆、搅酱的生活画面浮现眼前，恍然如昨。

一块冰冷的墓碑把我和大姑妈横隔于阴阳两个世界，支离梦碎，再无口福尝一尝大姑妈酿的鲜咸豆瓣酱，尝一尝浓浓的亲情味道，尝一尝儿时的幸福味道。但大姑妈酿的豆瓣酱永远香鲜在口，温暖于心。

原载"情感文学"（2018年8月）

父爱，盛开我生命里的鲜花

2008年，注定是不寻常的一年。许多悲喜大事集中在这年份：南方雪灾到火车脱轨，汶川大地震到奥运会成功举办，金融危机到"神七"问天……而我家也定格在这一年冬季，经历着强烈震撼，感受着人间冷暖！

这不寻常的2008年，永远深深地铭刻在我记忆中！

2001年，父亲离开了生活一辈子的鱼米水乡，孤身一人来到陌生的太原帮我分担养育幼子的责任和义务。那时，我还在基层部队担任指导员，工作任务重，休闲时间少，顾不上在襁褓中牙牙学语的儿子。为了我在城市里的小家，父亲没有言怨，没有说悔。血浓于水，把照看孙子的责任扛在自己微微佝偻的脊梁上。拳拳爱子之心溢于言表，我心安理得地接受着父亲的无边大爱。

父亲是不愿意来北方的，在钢筋混凝土浇灌的建筑住房里，他像是一只被关在笼子里的鸟，每天只能透过窗户看到外面的一小片天空，围绕着120平方米的房子去感受外面的世界。在苏北老家虽然亲人少，但有邻居、有朋友，父亲可以在自家的小院儿转转，可以去邻居家打打小麻将。老家有父亲自由的天空和活动场地，但为了我们，父亲放弃了属于自己的真正生活。

时光流逝,在父亲精心的护爱下,儿子快乐地成长,读小学三年级了。沧桑的岁月,使身体硬朗的父亲也老了,父亲对乡土的眷念与日俱增,提了很多次,想回苏北老家。南方冬季是侵入关节骨头的冷,格外难以忍受。2008年底,我想让父亲过了春节走,但父亲思乡心切,执意要回,说等孩子期末考试结束,放了寒假就回归故乡。

　　春运开始,父亲去意已定。在太原含辛茹苦生活了八年的父亲坚决想回老家过年。回家是温馨,快乐的字眼,团圆的日子里不应该有残留的悲伤情绪。而父亲的回家,给2009年的春节带来了忧虑、心酸、遗憾和无奈!

　　父亲走的那天,我从单位匆匆赶回,父亲已经做好了午饭。知道我喜欢吃"狮子头",父亲多割了几斤肉,做好了冻在冰箱。临行前,父亲默默在厨房擦了又擦……送父亲到太原的迎宾车站,看着父亲,朱自清笔下那父亲的背影也在我的心中渐渐凸显起来。我从那背影里仿佛看到了自己的父亲。悸动的酸楚涌上鼻翼,别泪湿衣衫。那一刻,我在内心深处反复问自己,我生活的目标是什么?我能为父亲做些什么……

　　父亲坚韧耐劳、宽厚善良,赢得了乡邻的信任和称赞。十五岁,辍学的父亲在生产队里干农活,只算半个劳力。倔强的父亲不服气,干起了工分最高的壮年劳力扶犁的苦力活,成为整劳力。十八岁当上了村干部,在这村干部岗位上一干就是三十八年。父亲是个老好人,脾气随和,讲究中庸之道,以一个农民的本分和睿智处世。在别人看来胆小怕事,与世无争,可父亲心如明镜。

　　爷爷离世较早,奶奶弱小多病,幼小的父亲就成了家中的顶梁柱。值得父亲骄傲的是,一生中他忙忙碌碌翻盖了四次房屋,竭尽全力尽其所能为一家老小遮风挡雨。那1980年盖的四间大瓦房,还是当时农村一道亮丽的风景。

回忆我童年的美好时光,总是温馨缠绕脑际。在我和妹妹的记忆里,父亲和颜悦色舐犊情深,从没有打骂过我们,甚至没有说过一句过重的话。

无言的父爱,潜移默化我,影响教育我。虽然父亲没有能力铺平我成长的道路,没有本事为我留置丰厚的家产,但父亲赋予了我与生俱来的善良、真诚,血液之中遗传给我的美好品质才是一大笔无穷的精神财富。

父亲的爱,绵长深厚,真挚博大,是一朵永不凋谢的鲜花,盛开在我生命里,激励和鼓舞着我从容走过生活中的坡坡坎坎,蹚过现实中的曲曲弯弯,坚定地走好人生的每一步。

父亲啊,我拿什么来报答您呢?

原载《高邮日报》(2009年1月)

怀念奶奶

  几次坐下来，想为奶奶写点什么，都让泪水打湿了思绪，终不能下笔。泪眼中，奶奶从记忆深处走来：雁背斜阳，牛羊暮归，奶奶小小的双脚载着瘦小的身躯，摇曳在村口青砖铺就的小路上，苍苍白发，迎风飘逸，深情地目视着远方，盼着当兵从军千里外的孙子……

  我的童年是很幸福的。幼小的我依偎在奶奶身旁或伏在奶奶的膝头，聆听从奶奶摇动的蒲扇里飘出的牛郎织女、嫦娥玉兔的故事。古老的文化氛围，曾给年少的我无限憧憬。奶奶讲得高兴时，总是给我和妹妹一点零食小吃。我看看手中的零吃，抬头望望奶奶，全然一种年少不知愁的烂漫情趣。

  奶奶的心中蕴藏着无穷无尽的故事，而奶奶一生的经历，也是一部凄婉的故事。

  奶奶1916年出生于上海，家境优越。父辈对她宠爱有加，奶娘抚养，丫头伺候，稍大还请先生教其识文断字。年方及笄，奶奶就以俊秀、聪慧和心地善良，成为人见人夸的淑女。至于奶奶后来因何离开娘家，和爷爷结为夫妻，一辈子扎根高邮，这其中的隐情，奶奶从没对别人提及过。

  只是奶奶嫁到我家后，苦难也随之与从小养优处尊的她相随相伴了。那时，家里缺吃少穿，生活清苦，加之曾祖母常年卧病床榻，生活负担极其沉重。虽然我家的家境较差，但是弱不禁风的奶奶却勇敢地担起了生活的重担。她不仅日夜操劳勤俭持家，还同爷爷开了店铺料理生意，生活虽过得清苦，却很舒心。

在家庭的人际关系中，奶奶虽出生在上海名门大户，却没有大户人家小姐的傲然与娇气，孝敬婆婆，善待姑姑，家庭关系相当融洽和睦。婆媳情胜似母女，姑嫂谊情同姐妹，这在过去的社会里是颇为难得的。

不幸的是，奶奶中年丧夫。爷爷撇下全家老幼撒手西去，最小的小姑还嗷嗷待哺。奶奶历经磨难，饱尝艰辛，在苦水中默默煎熬，支撑着这个将倒塌的家。奶奶节衣缩食，起早摸黑，勤恳劳作，为的是攒点钱供几个孩子读书、生活。奶奶无怨无悔地做着这一切，才使这个家走过风风雨雨、坑坑洼洼的艰苦岁月。我的父辈们成家立业后，对奶奶极其孝顺、恭敬，也算是对老人家一生付出的回报吧！

奶奶不仅含辛茹苦拉扯大我的父辈，对我们孙辈更是疼爱。自我懂事起，奶奶便教我背诵"人之初，性本善"，给我讲解孔子的《论语》，教导我治学和做人的基本道理，至今我还保持着读书看报的良好习惯，承袭着与人为善的好家风。

我在奶奶身边一直长到十八岁。我当兵临行前，奶奶默不作声，只是怔怔地使劲看着我，红肿的两眼噙满浑浊的泪，那目光中充满了万般不舍和无声的期望。我知道，十八年了，奶奶难舍我离她而去！这种纯净、朴素的情感，在我和奶奶的心底涌动着、传递着。

1996年金秋季节，我和驻地都市的一位女孩相恋，并回了一趟故里准备婚事。奶奶兴奋不已，竟用颤抖的手做起来女红，为我的下一代赶制虎头鞋。奶奶去世后，在整理奶奶的遗物时，发现了数双非常精致的虎头小鞋。我们一家人见之，不禁失声痛哭，热泪纵横。

奶奶的一生是平凡的一生，简单而朴实，纯粹而素净。1998年6月中旬，八十三岁的奶奶无疾而终。母亲打来传呼告知，突如其来的噩耗使我手足无措，我和妻带着三千里风尘，踉踉跄跄地奔向故乡。

黄泉路遥，阴阳相隔，奈何桥边奶奶回望故里。从此，骨肉化作灰飞，再不见奶奶的身影。呼喊与哭泣，奶奶都听不见了，只有那云烟往事百折千回，萦绕着亲人的心……

香烟已渺，烛泪已残，梦已渺茫，魂已隔断。小桥依旧，小河的水在凄风中唱着呜呜咽咽的悲歌，我的泪水和冷雨一起濡湿悲伤！

原载《高邮日报》（1998年8月）

记忆深处的马蜂窝

机关统一调整办公室。搬到新的办公室后，我意外发现，窗户顶端的角上，竟然有个小马蜂窝。小小的马蜂窝唤起我对陈年旧事的回忆。

我生长在农村，尽管那时生活很艰苦，但农村得天独厚的广阔天地，是小孩子放肆玩耍的乐园。少不更事性野顽皮的我，上树掏鸟窝，下河网鱼虾，童年的生活乐趣无穷，但也做过不少傻瓜事、荒唐事，勾勒出了童年的五彩斑斓，温馨而又甜蜜。

八岁的那一年，不知什么时候，一群不速之客——马蜂，悄然地在邻居的屋檐下张结了向日葵一样大的窝。

那马蜂成群结队嗡嗡地飞来飞去，让人恐慌畏惧。大家商量着用什么法子毁掉马蜂窝，消除马蜂带来的隐患，有人说用火烧，有人说用砖块砸。

我不假思索，一拍胸脯，自告奋勇地担当起捅马蜂窝的重任。我脱下褂子蒙住头顶，拿了一根长长的竹竿，蹑手蹑脚地来到屋檐下，小心翼翼地对准蜂窝捅了过去。蜂窝轻轻地晃荡了两下，几只马蜂警觉地飞出，巡视一圈，又飞回窝里。

见此，我的胆子更大了，用竿头顶着马蜂窝使劲地摇晃，马蜂窝沉沉地摔在地上。受惊的马蜂"轰"的一声，密密匝匝地倾巢飞出。

吓得我丢下竹竿，狼狈而窜，马蜂却不依不饶地愤怒追来。我的眼皮像被一根针刺了一下，顿时火辣辣的疼痛，被蜇的地方，肿了个枣大的疙瘩，眼睛眯成一条缝，睁不开了。

我真是捅了"马蜂窝"了，丑陋的模样，羞于见人，更害怕父母责骂，不敢回家，悄悄地躲在山墙的草垛里。

傍晚时分，着急万分的母亲才找到我。母亲惩罚地拎着我的耳朵，很生气地骂"炮子在""夯货"。外婆心疼地把我揽入怀中，呵斥母亲，伢子都这样了，就不要叨叨了。我心里暖烘烘的，被马蜂蜇了大包，我没有哭一声，外婆的疼护和包容却让我委屈的泪水止不住地流了下来。与外婆家同住一村相隔很近，外婆牵着我的小手，回家帮我处理被马蜂蜇痛的伤口，用手轻轻地挤出毒针，扯一块棉团蘸着香油涂抹在被蜇的眼皮上消炎去肿，怜惜地用嘴对着伤口吹了又吹。

沧海桑田，岁月清瘦。外婆离开我们已经三十多年了，但外婆在我心底深处并没有走远。

看着窗前的马蜂窝，外婆慈爱的笑容、端庄的模样清晰地摇曳在柔和的秋风里。穿越记忆的时空，和外婆在一起的岁月，缱绻在我的生命中缓缓流淌，温情回放……

原载《山西日报》（2017年12月）

家

说真的，我很想家。十载军旅，几多荣辱，几多苦乐，都是过眼云烟，在记忆的苍穹里轻松地飘逸而散。唯有家，在那月华如水的夜晚伴一首能独自轻轻吟唱的歌谣，任凭想家的思绪驰骋万里，魂牵梦萦。

我的家在河流纵横的苏北地区，风景秀丽，资源富饶。1990年的明媚春天，带着亲人的期盼，我参军到了北国的军营。

初来乍到部队，生活很难适应。清晨，窗外一片漆黑，紧促的哨音就把我从被窝里拉出来，在夹着雪花的小雨里，一步一步地踢正步，吃饭要排队、唱歌，甚至去厕所也要请假……我这个在家懒散、娇惯的"公子哥"思想上开始滑坡了。

没有烽火的岁月，家书依然珍贵。这时，家里的来信使我大为震动。当熟悉的笔迹展现在眼前，当深情的叮咛响起在耳畔，生活中的无奈、烦忧，直线加方块的枯燥、艰辛，都如退潮的海水一泻而去。想到千里遥迢的家里那一双双盯着我的、充满期待的眼睛，他们鞭策着我，鼓舞着我，使我在军营刻苦砥砺、奋发进取。

当兵三年，初次探家才知道，三年来家里的每一封"平安信"，都是一个美丽的谎言。从我当兵离家后，家中也遭遇到几次变故：1991年家乡遭到严重水灾，1992年妹妹高考落榜，1993年母亲因病住院手术。

然而，家里人把这一切瞒得滴水不漏，为的就是给我一个宁静的心境干好工作！妹妹还悄悄告诉我，最念叨我的是年逾八旬的奶奶，常挂着拐杖去望着村口的小路出神，幻想着我能突然出现，给她或家人一份惊喜，一份宽慰。逢年过节，奶奶总也不忘在团圆桌上给我放一双筷子，倒上一杯酒，再自言自语地叹息一声：军儿又不回来了！听得我鼻头涩涩的，酸酸的，泪眼蒙胧。

1993年我考入了武警太原指挥学院，走上了职业军人的道路。依旧一步一个脚印地默默耕耘着、奋斗着。后来，在驻地的都市也组成了自己的小家，妻是大学毕业分配在这北国的都市。我们的小家很和谐、温馨、幸福。但由于部队特殊的环境，我工作繁忙，回家的机会很少，对家的思念也随之分成了两半，一半给了关山万里之外的亲人，一半给了近在咫尺的妻子。妻很贤惠、善良，更通情达理、善解人意。那次回家，妻依偎着我含羞耳语，她有了身孕，我喜出望外，激动不已。同时，也为自己的粗心、疏忽而自责，更为对妻子的照顾不周而内疚不安。妻却宽慰我，她很好，让我安心忙自己的工作，别牵挂她。

然而，妻却因工作上的忙碌、家务事的负荷，导致过度劳累而出血。多亏送医院抢救及时，幸免于难。当我风尘仆仆、穿着一身散发着臭汗的迷彩训练服出现在妻的病床前，面对因失血过多面色苍白的妻，有泪不轻弹的男儿竟也无语凝噎。此时，我真正领悟了对军人的最美丽的称赞，"天下男人莫过于军人最懂得情和爱，亦莫过于军人更缺少表达情和爱的机会"。

病床上的妻紧紧拉着我的手，惨然淡笑。我知道，妻的心很痛，为我们的结晶"小南瓜"的不幸夭折而悲恨，但妻始终没有一句埋怨的话语。

想起家，万千思绪涌心头；提到家，万语千言难诉说。其实，在千千万万的军人行列里，像我一样的家庭又何止万万千千。我们的国家之所以富强昌盛，我们的军队之所以坚如磐石，不正是由一个个普普通通的军人、一个个平平凡凡的家庭铸造的永不倒塌的钢铁长城吗！

1997年6月，山西人民广播电台播报

今夜，泪眼缅怀外公

外公仙逝的那天，一帮朋友约我相聚吃晚饭，总感心头堵得慌，一一拒绝了，回家即关机。收到妹妹的短信，告知外公去世的消息，是在第二天晨起上班的路上，开机后才看见。尽管不意外，但强烈的悲痛仍然攫住了我的心，无声的泪水流淌在我的脸上。

我身许军旅，远走他乡，和家人总是聚少离多。2009年清明节曾特别请假回老家。外公安静地坐在藤椅上，苍老几许，如同残年的风烛，在流逝的岁月中悄然凋零。昔日，精神矍铄的外公变成了佝偻的老头，耳朵也不好使了，生活自理能力也差了，只是思维依然清晰，时刻让姨娘服侍左右。

外公神色黯然，沟通不便，却大声问我："丁点好吗？"血浓于水，血脉相延，耄耋之年的外公心里仍旧牵挂的是只见过两次的重外孙，舐犊深情让我无语哽咽。

要回部队了，我向外公辞行。外公半躺在床上，浑浊的眼睛不知何时潮湿了。我紧紧拉着外公瘦骨嶙峋的双手，这双手曾搀扶蹒跚学步的我，曾帮我掸落过一身的风尘。我知道，外公将要走到生命的尽头了，外公更清楚自己将不久于人世，这是无法回避的悲哀。外公轻轻拽回手，缓缓躺下，慢慢转过头去，不再看我一眼。此一别，关山万重，天各一方，祖孙俩今生或许不能再相见；此一别，黄泉路遥，阴阳相隔，祖孙俩将要生活在两个不同的世界。那一刻，我无助茫然，心如刀绞，泪如泉涌。

人生几何，譬如朝露。我离开高邮，离开外公不到一月，外公平静而坦荡地撒手人寰。在杨柳依依油菜花开的春天，在充满活力和希望的日子，外公穿越生命，看尽阴阳。逝者已矣，是一种解脱，而对于活着的亲人，放弃放不下，想忘也忘不了，点点滴滴的回忆，是那刺心铭骨的痛。

我妈嫁在本村，我和外公生活在一个村子，自幼和外公感情融洽。外公大名闵金富，乡邻皆称闵大才，享年八十五岁，也算是高寿了。他儿时读过私塾，聪颖好学，是个文化人，能读书看报，能书写家信，明事理，识大体。外公仅生我姨娘和我妈两个姑娘，在那个年代，应该是人生最大的缺憾，但外公开明乐观，超脱旷达。姨娘告诉我，外公穿好衣服，已无力说话，只是不停地向家人挥手、挥手……一如他生前那种淡定、从容、洒脱的性格，贫贱不移，荣辱不惊。

不同的年代，有不同的苦楚。外公的人生轨迹，我不是很清楚，陆续地听姨娘和妈妈说过一些，知道外公在"文化大革命"中受到冲击。

山雨欲来风满楼，黑云压城城欲摧。"文化大革命"时期，在县城工作的外公下放农村。外公心里苦涩，看透了这个世界，在风风雨雨中淡然了许多烟花迷离的俗事，在村里开了一间杂货铺聊以糊口。繁华落尽，风静雨停，这是他一生的驻脚。几十年，他就那样默默地接受着岁月的变迁，独自承受着生活的苦难，从不言说。外公是平凡的，可外公却用不平凡的生活足迹书写着平凡的人生轨迹。

按照民间风俗，今天是外公老人家"一七"的忌日。写到此处，我的泪水已滴落在键盘上，就让我用这一笔纸文，来祭奠已在天堂的外公吧！

外孙在遥远的北国军营，在大山深处为你祈福。也一定秉承您的遗风，淡泊名利，坚守正道，有所为，有所不为，去诠释幸福的内涵，去折射智慧的光芒。

安息吧，外公！您遗爱千秋！我们永远、永远想您……

原载《高邮日报》（2009年6月）

梦中的马思庄

这个周末去了太原近郊的同舟温泉度假村。水中嬉戏，我的游泳技能让同行的朋友惊讶不已，赞叹不如。其实，我很小的时候就在马思庄学会了游泳。

马思庄是我家乡高邮一个名不见经传、极其平常的小村庄。小村庄宛如一幅浓彩的田园风景画，散发着浓郁的乡土生活气息。蓝天绿野，鸡鸣狗吠，小桥曲径，恬静秀美。我大姑妈家就住在马思庄，小村庄居住着三十来家农户，以黄姓居多。一方水土孕育了村里人淳朴厚道、坚韧勤劳、热情善良的农民性格。他们每每见我都亲切地呼喊我的乳名，善意地和我开玩笑，让我倍感甜蜜和温馨。小时候和奶奶去大姑妈家走亲戚，我赖着就不想走。因为在马思庄有血脉相连的亲情呵护，有快乐童年的天然乐园，还有我孩提时代色彩斑斓的梦想和憧憬。

20世纪70年代末期，大姑妈家的日子苦涩艰辛又和谐温馨。迎着春夏秋冬的朝霞暮霭，一家人平淡真实地过着日出而作、日落而息、耕耘撒播、守望丰收的农耕生活，像小桥流水一样舒畅和优雅。晨雾迷蒙，旭日初升，勤劳的表姐已从田间地头打一担猪草回来了，晶莹的露珠挂湿了衣襟。大姑妈开始吆喝着我们起床、洗漱、吃早饭。家中养的鸡下的蛋，除了在村头的小商店换油盐酱醋外，都大气地招待了客人。少年不识愁滋味，我浑然不懂生活的负重和压力，美美地吃着放了白糖的蛋瘪子，大我一岁的三表哥望着我，吧嗒着嘴，口水四溢。现在想来，真为当初的一己私念感到羞愧和内疚。

儿时的我淘气贪玩，大姑妈家门前的小河流、屋后的小果园是我们一群小伙伴的天然游乐场所。捉鱼虾、掏鸟蛋、粘知了，还在打谷场上拼命地扑捉飞舞的红蜻蜓，乐此不疲，兴趣无穷。最高兴、最有趣的就是泡在小河里。丰盈的河水扭动着曼妙的腰肢欢快地缓缓流淌，清澈的河水引诱着我们躁动不安的心，脱去衣服，挂在树梢，我们赤身裸体地一头扎进凉爽的河水里，尽情嬉戏。喊声、叫声、骂声、水声，混成一片。二表哥的水性好，我们水中比武，看谁猛子扎得远，看谁仰泳游得快，哪个项目他都领先，我们簇拥着他，欢呼雀跃，崇拜得五体投地。二表哥的脸上写满了自豪，骄傲得像一位凯旋的将军。

农村的孩子懂事早。大表哥年长几岁，不屑与我们为伍玩耍，默默地帮大人干一些力所能及的家务和农活。空闲无事，他就去水稻田间的水渠里抓螃蟹，改善家中的生活。看到洞眼，大表哥用一根弯了钩的小铁棒轻轻地一掏，大螃蟹就乖乖地爬了出来。大表哥眼疾手快，大拇指与中指轻轻一夹，牢牢扣住大闸蟹的硬壳，提起来。螃蟹反应过来，想咬够不着，想夹触不到，我们赶紧把它放到准备好的网兜里。网兜里不仅装的是螃蟹，更盛满了童年的快乐和欢笑。那时，我也学大表哥的样子去掏洞，却常出洋相。一次，一只肥壮的大毛蟹一伸钳子，牢牢地夹住了我的手指，渗出殷殷血来。大表哥跑过来，按住蟹壳，稍一用力，把钳子拆下来。他把我流血的手放入嘴中，轻吸几下，抽出来用力按住，血很快就止住了。还有一次，我在洞里掏了一条一尺多长的水蛇，兴奋得以为抓到了大长鱼（黄鳝，高邮称为长鱼）。当知道是水蛇时，我吓得扔出好远，半天也没缓过神来。我是独子，家里很宠爱，在马思庄生活的日子里，让我懂得了生活的困难和艰辛，也让我知道了做个男子汉要勇敢和坚强。

夕阳西沉坠落，漫天红霞云卷云舒，炊烟弥漫四野，细长袅娜随风飘逝。大姑父光着脚丫、挽着裤腿、牵着水牛走在田埂上，荷犁晚归。落日的余晖，将大姑夫和老水牛镀了一层金色，定格成一幅田园油彩画并一直珍藏在我的心中。小村庄被匆匆劳作归来的脚步声打破了宁静，村里荡漾着寻找贪玩未回的孩子而吼出的急切呼儿唤女声。疯玩了一天，我们也帮着干一些家务活，赶鸡鸭进圈，牵牛羊入栏，打水，扫院，抬桌子，拿凳子，准备晚饭。小村庄开始热闹、沸腾起来了。

夜幕低垂，繁星点点，蛙声一片，清风吹送来了稻花的清香。小院里，挂一盏马灯，点燃一堆草末废料，驱赶蚊虫。一家人围着小桌子吃晚饭，也有邻居端着饭碗来串门，谈论着一些家长里短，聊一些日常琐事。平平淡淡、普普通通的农家菜精致可口、清脆香甜，充满了新鲜的乡土滋味。但凡有好吃一点的菜，大姑妈一家人总谦让着我，不停地往我碗里夹菜。我来者不拒，总要把胃撑得饱饱的。在都市的酒肆茶楼，吃过不少美味佳肴，但我总是品不出当年的可口美感，也找不到当年的舒适悠闲和那一份浓浓的亲情。

一起长大的兄弟姐妹，命运各异。我离开了故土，也离开了马思庄，生活在灯红酒绿、轻歌曼舞的繁华都市。偶回故乡也是行色匆匆，更无暇顾及去马思庄转一转、看一看。但在我心目中，马思庄仍然是一首含蓄的诗，一首动听的歌。

人生如旅，往事如风。沐浴在都市的阳光下，奔波于城市的喧嚣中，沉浮滚滚红尘，浸染尘世风雨，朴素的马思庄悄然入梦，让我返璞归真、洗涤灵魂、品味纯洁、感悟真情。

原载《高邮日报》（2008年1月）

陪伴，是一种幸福

轻语岁月，淡看流年。自感已达知命之年，应该悟懂人生、淡泊人生，但对2020年春节的到来，我却依旧充满了渴望和期盼。

岁月如歌。2019年秋，昔日小不点大的儿子羽翼丰满，小雏鹰展翅飞翔于千里之外读书求学。在儿子的人生路上，可谓第一次离家这么远、这么久，全家人对孩子牵肠挂肚。虽说儿子已是半大小子，但在父母的心中总归还是一个涉世未深的孩子。年终岁末，儿子在外思家心切，他对照课程计划安排，早早地预订了寒假返程车票。

岁月如刀。远在江苏的父母，年老体迈，且故土难离不愿出远门，再加上我工作等方面的原因，已多年没有在一起团圆过年了。近年来，父亲腰椎间盘突出，在老家久治不愈，病情越来越重。如今，他已是步履蹒跚，举步维艰，令人担心。我咨询了骨科专家，约定春节时机，到太原看病治疗。

2019年下半年，买了一幢新房，改善了居住条件。房子装修完毕，一直没有入住。2020年的春节，父母愿意来太原过年，分居三地的一家人迁住新房子，热热闹闹地过一个欢聚的团圆年，心里很开心。进入腊月，我就着手父母来山西的行程安排，开始张罗购办年货，预订年夜饭。

乙亥末庚子春，鼠年的钟声即将敲响，一场突如其来的新型冠状病毒肺炎疫情出现了。万众惊惧，晴川痛彻，汉水呜咽，本是喜庆祥和张灯结彩的传统春节，被疫魔将年味蒙上了一层灰色的阴霾。灯依旧，人无影，少了年味，少了欢腾，庙会取消，景点关闭，贺岁电影下架，繁华都市一夜空巷。

响应号召，不串门，不聚会，蜗居宅家狙击疫情病毒的蔓延，避免交叉感染，成了这个春节的常态。正常的生活节奏扰乱了，原定的节日安排被迫取消了。年三十早早起床，儿子依照往年的风俗和习惯挂上了灯笼，张贴了对联，糊上了窗花。四下打量，一抹吉祥的喜庆红色，荡溢出一丝过年的气息和味道，让这清冷的春节有了暖意，让浮躁的心平静了几许。

往日，匆匆忙忙的身影，劳碌奔波的脚步，在这个鼠年的春节骤然停了下来。抖落身上的尘埃，静心居家，有了更多的时间承孝父母，陪伴妻儿，是一种享受，也是一种幸福。

厨房是小天地，却有大境界，是一个家庭生活的温度计。厨房的温度，一定是家庭的热度。

我在部队工作多年，吃大锅饭一勺烩。转业后，也长年累月吃食堂，很少下厨房。虽爱美食，但做饭烧菜的技能却是拙劣。趁此机会，我走进厨房，扎上围裙，立足三尺灶台，操持柴米油盐，奏响锅碗瓢盆，心甘情愿当起了"煮夫"，并且乐在其中。好在年货充足，食材齐全，特别是老家腌制的猪头、咸鱼、香肠、风鹅派上了用场。居家十来天，我没有走出门去买菜，菜肴依旧丰盛。

每日里，我穷尽所思变换花样，荤素搭配均衡营养，不是为讨好家人，只是想在热气腾腾的厨房里尽心展现一份对家人的体贴之情，在世俗烟火中经营平淡而温馨的静好岁月。家人在旁，蒸炒在锅，我把对父母的孝心、对妻儿的爱心，随着燃烧的火焰融入一粥一饭、一菜一汤中。

父亲的厨艺顶呱呱。记忆中，家里办事请客，都是父亲掌勺，不请厨师帮忙的。如今，父亲身体有恙，我决心烧好老丁家的"丁家菜"。我烧菜，父亲在一旁指点我主料和配料的搭配，调味品加入的次序，什么时候该大火轰，什么时候该小火煨。汪豆腐、煮咸鱼、烧杂烩、炒虾仁等家乡淮扬菜肴，好吃难烧，但在父亲的口传心授下，色泽耀眼，咸淡相宜，入口留香。

看着自己烹制的一桌精美菜肴，我特别有成就感，用手机拍下照片，分享至微信朋友圈，留言写道："家人小坐，灯火可亲。四方食事，一碗人间烟火。"一家人津津有味地品尝菜肴，清空碗盘，我心里感觉幸福满满，回味无穷的不仅是美味，更有生活中亲情陪伴的温暖。

庚子鼠年，不一样的新春，让我感悟不一样的味道。陪伴是长情的告白，更是一种幸福，如水相依，如此自然，简单而温暖。指缝太宽，时光太瘦，相聚终是有别，就让浓浓的亲情温馨着下一个离别的站台，一路向阳，繁花与共。

原载《山西日报》（2020年3月）

且听风吟

四舅是母亲的姨弟,是外婆的姨侄儿。

外婆一生只生育了我母亲和姨娘两个女儿,苦无子嗣,对乖巧忠厚的四舅有所偏爱,舐犊情深,拳拳在念。我很小的时候,依稀记得四舅来司徒外婆家,总是闲不住,不是担起水桶去河边挑水,就是拿上笤帚打扫庭院,外婆笑眯眯、乐呵呵的,一个劲地夸四舅勤快、能干。

在农村长大的四舅,依照当时的政策规定,幸运地顶替退休的姨外公去横泾粮站上了班,捧上了让人眼红的铁饭碗。

由于家里的兄弟姊妹多,有了一份满意工作的四舅,为了减轻家中的负担,经人撮合,与在镇上信用社工作的舅妈相恋,心甘情愿地入赘女方做了上门女婿。舅妈的父亲是位老干部,四里八乡的人都称他顾书记。至于老人家曾在哪个单位任职,我年幼不清楚,但知道顾书记对安分老实的四舅很中意。不久,舅妈也从信用社调入粮站工作,小两口在同一个单位上班,琴瑟和鸣,夫唱妇随。

普普通通的日子没有诗和远方,生活因简单而平静,岁月因平静而安宁。

在落后贫穷的20世纪80年代,亲友都用羡慕的眼光看着四舅,也以有四舅这门吃公家粮的亲戚感到脸上有光。四舅虽说文化程度不高,却遗传了姨外婆的一副古道热肠，对亲友们更是关爱有加。

我离开学校大门，父母求三拜四，把我安排到邻镇的横泾农具厂，当了一名车床徒工。农具厂是个乡办企业，厂址就在横泾镇东边的街道上，与四舅工作的粮站咫尺之遥。虽然离家远了些，但是四舅在空闲之余，常来工厂看望我，嘘寒问暖、体贴入微。清晰如昨，四舅的女儿小敏周岁生日的那一天，四舅到工厂里帮我请假，接我回他的家里吃饭。

金色的光辉洒在乡间石子路上，萧瑟的寒风中，那一缕冬日里的阳光很温和、很舒适。我坐在四舅自行车的后架上，拽着四舅的衣襟，一股股的暖意在心田里缱绻荡漾。至今想来，温暖犹存。血浓于水，亲情深长。懵懂年少的我，虽是第一次踏足社会，离开双亲，但这份相通血脉支撑的牵挂和呵护，渗透、充盈在我的梦中和心里，让我多了一份可以依赖的精神支柱，多了一份坚强和自信，在苍白、漂泊的人生低谷，撑起了一片心灵的蓝天，心有所恃，行之安然。

后来，我离开工厂，参军到了部队。通讯落后、信息闭塞的年代，我和四舅也逐渐少有联系。

人生无常，祸福相依。20世纪90年代中期，社会发展转型阶段，改革的浪潮席卷了华夏大地。母亲写信告诉我，四舅和舅妈所在的单位也在改制裁员，不在申请内退的年龄段，只能选择一次性买断工龄。铁饭碗被打破，四舅夫妻俩被迫夹杂在下岗的洪流中，无情的命运导致他们双双下岗待业。

子女读书、老人卧病在床，家庭负担日重，经济突然断源，四舅处在负重前行的尴尬年龄段。面临残酷的现实，背负阵痛和无奈，四舅两口子没有低迷消沉、牢骚抱怨，而是挺起胸膛，以一颗平常心对待眼前的事实，果断地重新定位自己的人生坐标，融入现实生活中来。

在一阵痛苦和沉寂之后，四舅和舅妈凭借一技之长，放下面子，抗争命运，谋求生路。他们走进运作性质截然两样的私企打工，每天工作长达14个小时之久，辛苦和劳累可想而知。

2008年，数年没有回乡的我，在朋友的相伴下，自驾车回了一趟家乡高邮。车驶高速，心飞远方。过了淮安，离家渐近，手机铃声响起，显示是陌生的扬州号码。接起电话，方知是多年没有联系的四舅打来的。真是心有感应，机缘巧合。

那个晚上，我陪四舅在饭店喝了点酒，聊了很多话题。

四舅和我闲聊，自始至终没有怨天尤人，鲜有烦言。经历了人生的得意与失意，体验了生活的风光和落魄的四舅，随性而往，随遇而安，笑谈中隐藏着多少难言的心酸和苦楚。

红尘陌路，迷雾遮眼。四舅面对现实，静心思忖，坚定人生的脚步，把一家人的责任和生计扛在肩头，行走在风风雨雨中，且听风吟……我想，这可能就是四舅豁达而明智的人生态度吧！

2019年的高考，儿子如愿以偿地考入了中国民用航空飞行学院，圆了自己的飞行梦。在父母的强烈要求下，我又一次回到故乡。在老家的祖屋，办了几桌酒席，宴请亲朋好友，庆贺儿子金榜题名。

四舅远在浙江打拼，遗憾不能回来。我怅然若失，郁郁不乐。看着春风得意、马蹄轻疾的儿子，我的眼前幻化出了那年在横泾工厂当徒工茫然无助的我，我望到了四舅上下班途中匆匆瞅我一眼的奔波背影。

当下决意，我绕道浙江旅游，去看望四舅和舅妈。

铅华洗尽，且听风吟，终是守得云开见月明。在浙江，我见到了四舅一家。顾军表弟小的时候，娇生惯养，调皮顽劣。如今，长大成人，却显得成熟干练，孝顺懂事。

欣慰的是，顾军表弟在绍兴创业发展，开了一个纺织印染厂。虽规模不大，但经营有方。四舅和舅妈一边安享生活，一边在厂里帮忙打杂，虽然劳神辛苦，但一家人相互守护，甘苦共尝，家和事兴，也是其乐融融。

　　山长水阔，纸短情长，道不尽感恩之情。相隔千里，时光深处总有一份惦念镌刻于心。愿余生的日子，许四舅温柔以待，岁月安好！

原载《高邮日报》（2020年8月）

我的母亲

十五年戎马倥偬，忽然而过。久客异地他乡，凄风冷雨之夜，灯残梦醒之时，总是溢起望断秋水的落寞和惆怅。生我养我的水乡小村，留藏着我的童稚天真；青春年少的祖屋，还有在水乡小村的祖屋里孑然一身生活的母亲，让我魂牵梦欲还。

（一）

母亲的童年是苦涩的，几经磨难。

外公一家已经在南京扎根落户，因家庭烦琐杂务纠纷，负气离开南京又回到了高邮。外公在外工作，外婆在乡村领着姨娘和母亲举目无亲、相依为命，开了间小杂货店糊口度日，日子倒也衣食无忧、平稳安逸。

母亲天生就是城里人的坯子，小时候活泼可爱，喜唱爱跳，文艺天赋极好。可母亲却没有像城里的孩子一样沐浴着阳光雨露长大。年长六岁的姨娘住校读书后，外婆和我母亲更是孤苦伶仃，年幼的母亲帮助外婆照理店铺，给姨娘送饭送菜，小小年龄就懂得为家人分忧解难。

一次外婆出门进货，让八岁的母亲看守店铺，年幼的母亲贪玩，径自关了店门出去玩耍。回来开门时，发现隔墙的邻居顺墙而入，正从店铺的钱柜里拿钱，母亲大喊"抓小偷"，邻居本来就是游手好闲蹲过监狱的劳改犯，见母亲只是一个孩子，便起了歹意，用手死死卡住母亲的脖子。在这惊心一刻，有人来店铺买货，年幼的母亲才幸免于难。

三年困难时期，粮食奇缺，饥饿威胁恐吓着每一个人的生命。外婆在自留地里种的慈姑长势旺盛，是全家苦度荒年赖以生存的食物。为了本能的生存基本条件，有人甚至不惜脸面去田间偷盗。外婆只好带着母亲巡逻在慈姑地头防偷防盗。一个月黑风高的夜晚，秋风萧瑟，树影婆娑。慈姑地里有黑影晃动，外婆喊问了一声"谁？"本是同村而居，朝夕与共，生息相通，但因偷盗被捉毕竟丢人现眼，是出丑的事情，慈姑地里的黑影为维护自己的尊严和脸面，索性裹着三角头巾装神弄鬼，忽站忽起嗷嗷叫唤，母亲吓得魂飞魄散。外婆紧揽母亲入怀，顺手抓起土块厉声大吼："究竟是人是鬼，你出来，出来。"弄清楚是人后，受到惊吓的母亲仍在外婆怀里颤抖不已，惊魂不定。

母亲九岁生日，有了一生中的第一双皮鞋。晨起，外婆叫母亲去看慈姑，母亲高高兴兴地去了慈姑地，霜寒露重，母亲在途中的小独木桥上，一不小心滑入河中。天寒地冻，母亲穿着笨重的棉衣在水中顽强挣扎，终于捞到了一根木桩。没有人来，母亲不被淹死也得冻死，母亲气息喘喘，大声呼救。事发之地与村子有一段距离，而那天有人也外出，听到了母亲的呼救声。运气好，母亲与死神擦肩而过，又一次躲过了劫难。

母亲读初中的时候，正是"文化大革命"时期，学校停课罢课。母亲也是毛主席的红小将，战天斗地壮志气凌云，戴着红袖章，拿着红宝书去上海等地串联。没有搭乘上车，从学校步行到江都，双脚血泡豪情不减。而外公是读过几年私塾的人，封建古板，又因受到过一些牵连，所以对母亲的所作所为不仅不理解，而且还反感。母亲初中还未毕业，外公就让母亲辍学回家了。

母亲的童年虽屡遭不幸，但还有家人的呵护与爱抚，人生旅途漫漫，母亲日后的岁月经历了更多的苦难和坎坷。

（二）

母亲的青春年华命途多舛，饱尝风霜。

在"越穷越光荣"的年代，母亲花蕾初放，高挑白皙、容正貌端、楚楚动人。父母之命媒妁之言，母亲在那特殊的年代，和家里穷得无立锥之地的父亲订了婚亲后，安排母亲去了远在上海的表姑那学习裁缝。半年光阴，家人怕母亲在繁华都市花了眼睛变了心，几次三番写信催回。"小荷才露尖尖角"，十八岁的母亲早早地为人妻人母了。母亲和父亲家无财产，生活清贫，却相濡以沫，举案齐眉，恩爱一生。

农村那时实行大集体制度。婚后的母亲在生产队里开始披星戴月拼命劳动苦挣工分，艰难地创家立业了。我家在村里是单门独姓，父亲忠厚老实，胆小怕事。母亲毕竟年轻，是在外婆的呵护中娇生惯养长大的，又从来没有参加过农事劳作，要和别人一样肩挑手锄、超负荷地劳动，其难度不言而喻。为此，常被一些悍女恶妇加以欺凌，备受白眼和冷眼。母亲性格倔强坚强，从不低头说几句好话，也为此吃了不少苦头，受了不少难处。母亲身怀着我，挺着大肚子仍起早摸黑从事繁重的体力劳动。体力上的拼耗和透支，他人的挖苦与打击，母亲尚能忍受和坚持。但和奶奶紧张的婆媳关系，让自尊心很强的母亲难以适从。奶奶出身名门大户，饱读诗书，有僵化的思维和古板的规矩，而母亲是红旗下成长的新一代，和奶奶封建的观念不可避免地要发生矛盾和冲突。奶奶索性凡事不问，母亲既要下地干活，又要照料孩子操劳家务，屋里屋外忙得团团转。但母亲对奶奶还是尽孝道，家里改善伙食,好吃的饭菜都让着奶奶,买回布料自己舍不得穿,也要给奶奶做一身衣服。那段岁月,母亲所受到的委屈以及生活的煎熬,叹息和泪水总是伴随着她。母亲常说,要是没有两个孩子,她早就不想活在这个世界上了。因此,在尝尽人间冷暖、饱受世态炎凉的日子里,我和妹妹是母亲的明天和希望。

农闲冬季,村里成立的毛泽东文艺思想宣传队开始排演文艺节目。母亲是宣传队的"台柱子",虽然没有专业学习,但天赋极好,唱腔圆润,演出投入,常博得满堂叫好喝彩。正是母亲心地向善,做人勤奋,做事认真,有一技之长,在当时的农村,有个初中学历也算是不错。学校缺少师源,母亲填补了空缺,成了一名乡村代课教师。在泥土地里艰辛地默默耕作的母亲,在三尺讲台上,用洁白的粉笔重新开始书写自己的人生。母亲知道自己底子薄、基础差,从不甘居人后的母亲怕贻误学生,一直不停地为自己"加油""充电",不断开阔自己的视野,丰富自己的知识储备量。我上军校放暑假回家,母亲在高邮教育局参加面授学习,一个假期匆匆而逝,我们母子几乎没有机会在一起。母亲拿到中师职称后,仍不满足,学习依旧。为了教好孩子,母亲迎来了一次次红日东升,又一次次送走明月西沉,年年都被评为先进工作者。母亲执教一生,桃李满园,谈到有出息的学生,母亲总是满脸欣慰。

母亲操持家务井井有条。小村还沉醉在一片迷蒙的水雾中,母亲开门的第一件事即是去河里挑水,开始收拾家务。虽是农家,却一尘不染,整洁干净。母亲手巧,裁剪的服装,打织的毛衣很好看、很时髦。小时候,我和妹妹穿着母亲缝制的衣衫,小伙伴们又嫉妒又羡慕。母亲的裁缝手艺好,人又古道热肠,到了晚上,辛苦一天的母亲依旧忙碌,坐在缝纫机前给四乡八邻和家人亲戚赶制服装。一灯如豆,我和妹妹躺在床上,看朦胧的灯光里母亲低头劳作的背影,听缝纫机流畅的"咔嗒咔嗒"的声音,一种拥有依靠的温暖一层层地包裹住我们幼小的心。

（三）

　　沐浴在母亲的慈爱中，我浑然不知人间的苦与愁。我年幼体弱，常是疾病缠身。我的病疼在身上，却痛在母亲的心里。母亲彻夜难眠，伴随着我、看护着我，不停地唱个儿歌、讲个故事。见我难受时就紧抱入怀，轻轻摇动哄我入睡，眼泪簌簌而下，滴落在我的脸上，滑滑的，凉凉的。

　　母亲最大的心愿，就是渴盼她的孩子有知识、有文化，将来做一个对社会有用的人。而我年少不更事，贪图玩耍，经常逃学，学习成绩一般。母亲费尽心机让我又是复读，又是转学到教育质量较好的学校读书。然而，我终究与读书无缘，带着母亲的无奈与叹息、遗憾和失望，我离开了学校的大门。

　　母亲怒我不争。本来家里的责任田没有人耕种，母亲说：上学不行，种田也好。母亲深知农民生活的辛劳，数月后，母亲看着黑脏瘦小的我，不忍心看自己的儿子也在泥土地里寻衣刨食了。四处奔波为我寻求生计，托了同学安排我到邻镇横泾的一家农具厂，当了一名车床徒工。上班几个月，厂里集资，要求职工交押金，母亲毫不犹豫地将押金款给了我。两名同学迫于高考的压力，到横泾找我聊天侃大山，我热情地邀请他们去饭馆小撮一顿。身上的零花钱不够，就挪用了押金款里的十元钱。刚迈出校门走进社会，单纯得像一页白纸，没有防人之心，也不懂得自我保护。我把剩余的钱装入衣兜，想着等发了工资凑齐数目，再交全押金款。数日后，工资下发了，而我的押金款不知何时不翼而飞。那笔钱，在80年代对于农村长大的十七岁的孩子，无疑是一个天文数字。我情绪低落到了极点，我不想待在厂里听工友的讽刺和嘲笑，不敢回家面对母亲的眼睛和责问。我东躲西藏，四处流浪。母亲知道情况后焦虑不安，到处寻找打听我的下落。当见到我面的一瞬间，母亲已瘫软在地。天色已晚，母亲谢绝了亲友留宿的好意，执意领我回家。夜色茫茫，冷雨霏霏，乡村小道泥泞难行，我和母亲几次摔倒，浑身泥水，狼狈不堪。那悲凉的一幕，我至今难忘，记忆犹新。我心里暗暗发誓，将来一定让母亲过上美满安宁的幸福生活。

学业未就，农工无成。前途一片迷茫，空虚、困惑、彷徨，脚下的路不知在何方？母亲说，部队是所大学校，去当兵吧。奶奶坚决反对，埋怨母亲心太狠，让独子去部队吃苦遭罪。90年代的第一个春天，三月的阳光柔和明媚，桃红柳绿，春意盎然，我在母亲的鼓励和支持下，把母亲的期待与叮嘱打进了背包，身许军旅，从此踏上了从军路。在部队，我时刻感受到母亲那定格向着远方的那双执着的眼睛，充满期望，充满鼓舞。我不敢有丝毫的懈怠，努力开拓，奋发进取，昂扬向上，第一年就当上了班长，后来又入了党，立了三等功，顺利地考取了向往的武警指挥学校。

（四）

韶华似水，人生如流。红了樱桃，绿了芭蕉，也白了母亲长长的乌发。母亲年届半百，却没有享受到天伦之乐。

我在霓虹闪烁轻歌曼舞的省城娶妻生子，筑起了自己的小家。妹妹继承了母亲的事业，当上了老师，拥有了一个快乐幸福的小家。儿女事业有成，终没有辜负母亲几十年的等待与期盼。然而，人世间难得花好月又圆，岁月如此匆忙，孩子如此遥远，母亲期盼着儿孙能够回家过一个热热闹闹的团圆年。但我所肩负工作的特殊性，至今没有让母亲如愿以偿。

我五音不全、唱歌跑调。在基层工作当指导员的一次春节晚会上，战士们拉歌："指导员，来一个，来一个，指导员。"万家灯火、鞭炮齐鸣、喜气融融的除夕夜晚，我仿佛看到了倚闾盼儿归的母亲。一家不圆万家圆，我满怀深情唱起了著名军旅歌唱家阎维文演唱的《母亲》，歌声唱出了对母亲长久的依恋和思念，永远的不安和负疚。中队官兵掌声如雷，热泪长流。正是有千千万万这样的军人家庭的付出，才有了万万千千个普通家庭的平安宁静。履职尽责不辱使命，也许是对母亲最好的报答。母亲虽然希望子女承欢膝下，但更希望自己的子女能够展翅高飞，大展宏图，有所作为。成为有益于祖国、有益于人民的栋梁之材，才是对母亲最大的宽慰。

　　我累了，恍恍惚惚中，是那难以忘怀的故乡的烟花三月进入了我的梦，还是我在梦中又回到了烟花三月的故乡？我睡了，在故乡，在祖屋，在母亲的身旁！

原载《高邮日报》（2004年4月）

笑看晚霞红

远在千里之外的太原，时常挂念家乡的亲人。

三九天气，屋外寒风凛冽。打开手机微信后，却看到姨姐上传在"家的味道"微信群中的一段姨娘边歌边舞的视频，顿觉浑身暖呼呼的。

小视频中，姨娘一脸的笑容给人温暖和祥之感，一副清亮的嗓子洋溢着精气神，自信的动作彰显着丰厚的人生底蕴，赢得满堂的喝彩和掌声。

姨娘退休前，是乡村的普通教师，她把学生当作自家的孩子。不经意间得知，心地善良的姨娘，心系贫困家庭的孩子们，为防止学生失学，总是慷慨解囊无私地资助学生。我问姨娘，您资助过多少学生？姨娘总是笑而不答。姨娘走在大街上，总有年纪大小不一的昔日学生，亲切地向她道一声"老师好"。姨娘退休后，每到重大节假日，来自各地的学生纷纷打来问候电话。姨娘说，她的学生太多了，她都记不得很多学生的模样了。如今，教了一辈子书的姨娘，已是霜染两鬓、年逾古稀，但身板硬朗，神采轩昂，有自己的生活方式和人生理念，活出了自己的精彩，让我们晚辈心生羡慕，更为姨娘的晚年生活叫好！

记忆中，姨娘是家庭的"主心骨""顶梁柱"，把一份责任和希望扛在肩上。家里家外都要去操持、打理，教书育人桃李天下，主持家务扶老携幼，营营逐逐、忙忙碌碌。世间何物催人老，半是鸡声半马蹄。生命匆匆，时光的车轮驶入了黄金秋季，姨娘用一颗平常心对待退休生活，用幸福的脚印丈量老年的日子，把黄昏闲暇的时光谱写成一曲硕果累累的金色的秋之歌，诗意盎然。

这些年来，姨娘一直保持着老知识分子的良好习惯，每天晚上睡觉前，都要翻阅当日报刊，坚持学习，关注时事政治，留意社会动态。人虽暮年，却有新思想、新观念，紧跟着时代发展潮流的步伐。我年少离家，远走天涯，却和姨娘亲近，每遇事业上的坎坷、挫折；家庭的烦琐、无奈，都喜欢与姨娘拉呱交谈，姨娘侃侃而言，能把人情和事理分析清楚明白，让我找到共同语言，产生思想上的认知和共鸣，茅塞顿开，豁然开朗。

姨娘的物质生活不是很富足，微薄的退休薪水维持着生计，也有烦心愁眉的事。老两口结婚多年，姨父不善打理生活，是个单一的手艺人，对姨娘甚是依赖，姨娘不做饭，姨父只有吃面条。但姨娘生活随性，得失在心，更在乎的是构建自己的精神家园，与世无争，知足常乐。

姨娘大半辈子的时光是在乡下工作、生活的。后来，定居高邮市区后，姨娘的古道热肠、抱诚守真，很快有了自己的朋友圈。一群和谐融洽的老人相聚一起，成立了高邮秦韵民歌队，寄情歌舞，老有所乐。甚至在高邮小有名气，四乡八里有个活动，也邀请秦韵民歌队捧场助兴。姨娘把城市快速发展的喜人变化，农村翻天覆地的崭新面貌和身边的善行之举，感人故事，写进歌词，谱在高邮民歌的曲调里，纵情放声而歌，赞美太平盛世，歌唱新时代、新生活，用演出舞台，传播新思想、正能量，启迪、感染周围人。

有一年回乡探亲，偶遇姨娘在乡下演出。看完姨娘的演出后，令我百感交集，情不自禁地竖起大拇指。姨娘朴实的唱词不做作，优美的曲调不刻板，入情入境，让我耳目一新，折服姨娘的这份宁静淡泊、乐观豁达的健康心境、人生态度。据我所知，多才多艺的姨娘，不但会跳舞，还会唱淮剧、扬剧等剧种，就连民歌也唱得不输专业水准。

迟暮之年，姨娘找到了老人生活的坐标和乐趣，有了精神寄托，用自己的歌声为社会做贡献，发挥余热，老有所为，为自己的人生道路上又增添了一抹亮丽的色彩。

一段姨娘的小视频，观之，既欣慰，也感叹。桑榆未晚，为霞满天。夕阳美，美在夕阳中有歌声相伴，美在夕阳中舞姿优雅，美在夕阳中对生命的珍惜热爱和对生活的执着追求。

落红芬芳，流年匆匆，春华成秋碧。正是，人生老也俏，笑看晚霞红。

原载《高邮日报》（2018年4月）

栀子花

栀子花在我记忆的深处，那么纯净素白、清丽典雅，那么馨香盈袖、浓郁芳香。

栀子花，叶色常青，花色洁白，是重要的庭院观赏植物。它容易养活，无须精心照料和管理，只要一抔泥土就能让生命坚强地延续下去，并且枝叶葱茏，花朵飘曳，展现出生命的繁华与美丽！

因此，栀子花在家乡栽种较广。

我喜爱栀子花，源于儿时。依稀记得，大姑妈家的天井里有一棵葱郁的栀子花树。每每去大姑妈家做客，我都会情不自禁地站在花坛前驻足欣赏那一树蓬勃盎然的青绿、满树纯白如雪的花朵。天井里裹着一层淡淡的栀子花香，清香四溢，氤氲心扉。我陶醉在这栀子花开的季节里，也沉醉在这栀子花的梦里！

在栀子花开的季节，表姐梳着两条长辫子的发梢间斜插着一支半开的栀子花，手里挎着篾篮，排列着从家里采摘的一束束含着露水、带着绿叶的栀子花送至我家。

生长在乡村的表姐，一如尘寰墙角里开出的青涩、纯净的栀子花，散发着农家女孩小家碧玉的清秀、质朴、简单，亭亭玉立，纤尘不染。经年以后，忆起儿时表姐送花的一幕，虽相隔山高路长，水阔云低，依旧是那样清晰、那般美好。那时，我把栀子养在盛着清水的大碗里，一夜醒来，几个花骨朵已悄悄地打开了苞儿，薄如玉脂的花瓣微微张开露出点点鹅黄的花蕊，清新、淡雅，给我儿童时代的贫瘠生活中平添了一份喜悦、一份幸福。我是男孩，虽然喜欢栀子花，但也不好意思别在胸前，只能悄悄地藏在书包里，深深地嗅着栀子花独特的花香，穿梭在乡村田野的小径上。

童年的暑假，我喜欢住在大姑妈家，亲情让我沐浴着爱的温馨，享受着爱的庇护。晚上睡觉，表姐把栀子花挂在蚊帐内，说栀子花的香味可以驱赶蚊子。一朵栀子花，满帐添幽香。伴着栀子花香共眠，连梦也清香四溢！晨醒梦尽，凝脂一样白的花苞却染了一层淡黄，花瓣耷拉着，干枯而无力，但花的香味依然馥郁绕鼻，暗香浮动。

日复一日，年复一年，栀子花香依旧。在时光的剪影中，我和表姐也湮没在茫茫的人海里，多年难得一见。

风雨无情，栀子花也饱受吹打。本分的表姐用辛勤的汗水浇灌着自己幸福的生活，却横遭不幸，年轻丧夫。生活的重担，使她像一朵凋谢的栀子花，过早地失去了往日的清纯靓丽。表姐辗转上海，打工谋生。生活虽然平淡，日子过得艰辛，表姐却保持着坚强的态度，乐观的心境，淡然地面对生活中的困厄，像栀子花一般，朴实、坚韧，仍旧清香如故。

窗户外，悠悠飘来淡淡的栀子花香！漂泊他乡的表姐，你好吗？

原载《中国改革报》（2017年5月）

成长路上打伞人

人生，如同一场苦旅。

在负重前行的成长路上，在红尘阡陌、人海茫茫中，一个偶然的相遇，精彩纷呈，美妙绝伦。成长路上打伞人，似乎是命中的注定，改变了前行者的脚下之路，在人生的仄仄平平中悄然沉淀成最美的景致。

三十年前，农村的孩子若想跳出"农门"，其途径往往是通过金榜题名，实现鲤鱼跃龙门的梦想。但那个年代升学率很低，能考上大学的农家子弟是凤毛麟角。于是，参军入伍成为农村孩子成长、成才的另一条光明大道。

我离开学校后，在家种过责任田，去工厂当过徒工，终是书剑无成，犹豫、彷徨、踌躇在人生的十字路口，心中茫然无措。

曾在山西某部服役的寿祥叔叔，是父亲儿时的伙伴，更是一辈子的知交。他从部队团职岗位转业后，安置回原籍，又返回驻山西的政府办事处工作。寿祥叔叔知道我闲散在家，鼓励我勇敢地闯荡外面的世界，为个人找饭碗、寻出路、求发展。同时，叔叔也答应找一找过去的老战友、老领导，争取给我在山西找一份工作，给予一点力所能及的方便和关照。

1990年的春节过后，春寒料峭，乍暖还寒。在寿祥叔叔的指领下，懵懵懂懂的我独自背着行囊，孤身一人来到太原，等待他协调安排我的工作。

　　初进山西，我临时落脚在太原五一广场的并州饭店小东楼，也是扬州市政府驻山西办事处所在地。到了太原的第二个晚上，我不适应室内供暖，气候干燥，火气旺盛，鼻子流血。办事处的工作人员找到在四楼宿舍居住的我，说有人在二楼的办公室等我，让我马上下去。

　　"谁找我？"初来乍到，人地两疏，我满腹狐疑地到了二楼。

　　在办事处二楼的一间办公室里，沙发上坐着一位穿着笔挺军装的中年军官。一眼看去，此人显得温文儒雅，雄姿英发。

　　见我进来，这位军官很客气地点头和我打招呼，并很亲切地问我是哪的人、哪一年出生等。他掏出烟，点着火，吸了一口，问我抽不抽。我没介意，下意识地点点头，轻轻地嗯了一声。于是，他给我扔过来一支烟。其实，我平时几乎不抽烟，身上也没有装烟带火的习惯。我站起身，走过去，拍了拍敬烟的人说道："来，借个火。"他一听，含笑点燃了打火机，用手捂着火苗，给我把烟点着。

　　初生牛犊，年少无知、不谙世事的我，在烟雾缭绕中，不知道对方的地位和身份，与其东拉西扯，闲聊半天。

　　这是我和解老爷子的初次相识，没有设定，没有预约。多年以后，我才知道，那个晚上，解老爷子是因事路过并州饭店，临时起意到办事处看望既是同乡又是战友的寿祥叔叔。他来后才知道，寿祥叔叔因工作滞留扬州，老家有一个孩子在太原找工作。解老爷子顾念桑梓之情，又是同一个乡的司徒人，便匆匆地见了我一面。

　　如今想来，我与解老爷子相识在心无寄、行无路的时候，一场相逢，从此峰回路转、花香满径，改写了我人生成长的命运，改变了我人生里程的轨迹。

第二天晨起，寿祥叔叔打来长途电话，说山西某部在老家征兵。叔叔建议我回家参加征兵，到部队谋求发展。

参加体检、政审，履行完入伍手续后，我得知，将要去山西武警部队服役。在轰隆隆的列车声中，我来到了太原东山前水峪的武警某部轮训队，开始了我的军旅生涯。新训的日子是很艰苦的，白天训练基础课目，晚上则练俯卧撑、仰卧起坐等体能课目，永不懈怠地在"一二三四"的呐喊中和奋力拼搏的汗水中度过，让人疲惫不堪，无以闲暇。

新训中的一天，部队组织擒敌课目训练。接到通知，支队政委要来新训大队检查工作，要求部队带回整理内务，打扫环境卫生，迎接首长检查。那时，一身泥、一身汗的训练，既苦又累，能够短暂地喘口气，打扫个卫生，卖点儿体力活都是新兵们求之不得、心甘情愿的好差事。

吃完午饭，我还在饭堂洗碗，通讯员通知我去队部。

到了队部，指导员悄悄问我是不是认识政委，我大声回答："不认识。"

指导员安排我先换下训练服，着上干净的夏常服，去山脚下的新训大队部见政委，并特别强调，要注意言行举止，礼节礼貌。

在新训大队部，我眼前一亮，我又一次见到了解老爷子。那一刻，我才反应过来，入伍前，在并州饭店和我闲聊的那位首长，就是武警山西总队第一支队的解玉才政委。

解老爷子招呼我坐下，我笔直挺立说："报告首长，我站着。"

解老爷子又给我递来一支烟，一个半月的新兵生活，我已初有兵味，赶紧大声回答："报告首长，我不会抽烟。"

解老爷子点了点头，谆谆告诫我："由一个地方青年向一名合格士兵的转变，不仅仅是穿上军装那么简单，要经得起部队的磨炼和考验，才能成为一个合格的兵。"

不得不说，我是人生的幸运儿，第一段独立行走的人生旅途，一场意想不到的邂逅，就有人默默地在我身后打着伞，遮风避雨，指点迷津，校正航向。

有志者，事竟成。我训练之余，捧起了书本，并顺利地考入"太指"。毕业后，我又分配回原单位担任排长。

解老爷子始终鼓励我踏实做人，认真做事。后来，解老爷子职务调整后，担任武警山西总队副政委、纪委书记。他虽官居高位，但对我的提携，却不是对我官位的提拔，甚至没有为我个人的成长进步说过好话、打过招呼、求过人情。在他人眼里，有解老爷子这把伞，我的发展和进步应该是顺风顺水的。事实上，我却是在部队全面建设走在前列的拳头中队，当了四年排长。自我感觉，虽无建树，亦小有成就，但一直没有得到提拔使用，便牢骚满腹、怨天尤人。

解老爷子听到我的怨言后，自嘲地对我说，他在支队政委的岗位上从任命到离职，是九年九个月的时间，是山西武警总队中支队领导任职时间最长的主官……

授人以鱼，三餐之需；授人以渔，终生之用。正是解老爷子点点滴滴的言传身教，耳提面命，甚至是把自己多年的工作经验和带兵体会倾囊相授，让我砥砺成长，完成了人生的再次转变，找到了自己受益终生的立身之根、做人之道、成业之本，从悉列一兵成长为基层一线带兵的团职干部。解老爷子高超的领导艺术，运筹帷幄的工作能力，正直、正派的作风，不行阿谀奉承、不通圆滑世故的军人性格，在武警山西总队官兵中有口皆碑、交口称誉。

了解和熟悉我与解老爷子关系的战友，曾开玩笑说我是解老爷子的干儿子、小老乡，更是得意门生。其实，是什么关系不重要，重要的是，解老爷子正直善良、爱憎分明、乐于助人的人格魅力影响和感染了我的成长。这笔宝贵财富，让我能够含笑面对风雨，坦然应对挫折，宠辱不惊，得失随意。

转业回地方后，面对陌生的环境、全新的工作，我能立稳脚跟，如鱼得水，应付自如，得益于解老爷子悉心栽培的成效和结果。时至今日，我对解老爷子的知遇之恩，感动常在心头。

吃力爬坡、开拓前行的成长路上，解老爷子为我撑起了一把伞，给了我希望、光亮、温暖和力量，让我想起一句话：虽有冲天之志，无运不能自达。

古木阴中系短篷，杖藜扶我过桥东。人生苦短，恩情珍贵。一路走来，有你真好！成长路上的遮风挡雨的伞，当是一生中永远的温暖。

家有小儿初长成

今天，是儿子二十岁的生日。

不管他身在山西，还是人在四川，儿子永远都是我和妻子一生中的牵挂和惦念。

儿子的这个生日，我不知道送他什么礼物，思索良久，就准备下面一段文字吧！这是我的感悟和感慨，愿这段文字是儿子今后的一盏路灯，能照亮他前行的人生之路！

数日前，收到儿子的一封家书，是儿子第一次以书信的方式和我们交流思想，殷殷之语，让我和妻子语塞泪奔。虽然，在我们眼里，他永远是长不大的孩子。但由衷看到，或者毋庸置疑地说，家有小儿初长成！

儿子呱呱落地的那一天，我在基层中队一线带兵。那一天，是我所在的十一中队迎接总队考核的日子。凌晨，妻子已经去了产房，而我还在坚守岗位，心急如焚地等待着考核。当总队考核组知道妻子正在武警医院分娩的情况后，即刻拍板决定：这么优秀的干部，还用考吗？用考核组的吉普车，一路警笛声声，把我送到武警医院。

儿子出生了，我和妻子有激动、有欣喜、有期待，更有使命和责任。我俩都是外乡人，一无所有，打拼太原，但还是竭尽全力、倾其所有，不愿意看到自己的孩子输在人生的起跑线上，让儿子去了太原市的五一路小学、省实验中学读书求知，甚至不惜重金，多方位、多层面地培养儿子的兴趣，下围棋、打篮球、游泳，这些健康的爱好，让儿子受益终身、陶冶性情。

二十年来，虽然我身许警营，工作忙碌，没有时间和精力见证孩子的点滴成长，但与儿子相陪相伴走过的每一天，让我们懂得了什么是父爱如山，明白了什么是母爱如歌……

二十载春华秋实，二十年含辛茹苦，变化的是儿子的成长与进步，不改的是我们对儿子的一往情深；二十载雨雪风霜，二十年寒暑更迭，岁月风尘，时光无痕，家有小儿初长成！

那天，儿子告知我，小敏表妹要他的联系地址，他婉言谢绝了。让我和妻子深感欣慰，儿子没有在物质的诱惑面前因一己私欲而迷失自己，伸手向小姑拿要。而用一颗仁爱的心，关心小姑在太原的业务开拓进展，叮嘱我尽力而助。让我和妻子看到了他聪慧、阳光、善良和成熟，看到了他璀璨的明天和未来。

读大学前，儿子是属于父母的；读大学后，儿子是属于自己的。我坚信，总有一天，儿子必将羽翼丰满，翱翔在天！毕竟，父母的臂膀拥抱不到他匆匆远飞的身影，只能在家中守望、守候、守盼着他。

人生旅途，有顺境，也有逆途，无论孩子遭遇什么挫折和失败，父母会一直默默地理解、支持和鼓励，永远是其坚强的后盾和稳固的大后方；我们的家，也永远是孩子温暖的幸福港湾！

收到儿子家书的当日，我即发在了微信朋友圈。姨姐琰华留言评论：

庚子冬日，读甥儿南方家书有感并寄之妹夫鹤军
秋去冬来至，飞鸿报暖音。
双亲花溅泪，仁子意倾心。

习习慰安语，涓涓肺腑吟。

家书道情长，岂止抵千金。

姨姐琰华的留言内容，我转发给了儿子，希望能化作儿子发奋求知的动力和源泉，有所为，亦有所成。

中飞院是多少学子梦寐以求的地方。就读中飞院，人生何其幸。苍鹰就应搏击长空，祝福儿子把握住前进的万向操纵杆，轻舞飞扬，笑傲苍穹。

家有小儿初长成，儿子安好，我便幸福！

第三辑
足迹里的凝望

宽阔脚步，一地碎光，可是儿女情怀流年似水，往事如烟，吾辈上下求索。

军旅挥戈铸人生

我从小是在娇惯中长大的,没尝过苦是啥滋味,人需甘甜,但苦辣更有滋味。于是,我选择了军旅。

1990年的阳春三月,点燃十八支蜡烛,踩着故土古老的歌谣,我参军远离故乡,来到了太原,来到了武警山西总队某部的警营。部队迎风扑面而来的是与众不同的雄烈气息,营区门口有挺立威严的哨兵,训练场上有龙腾虎跃的身影,宿舍里能看到刀切的豆腐块一般的被子,连牙缸里的牙刷也要摆放在一条线上,像士兵一样排着整齐的队。起床号响起,没有被子里的眷恋不舍,有的是"五公里越野"的淋漓大汗。摸爬滚打,汗水伴泥尘,既苦又累。有时睡在大通铺上难入梦乡,训练的艰苦、亲情的思念齐涌心头,我竟偷偷在被子里抽泣不止。

哭过,笑过,无奈过,也沉默过,但始终没有退却过。直线加方块是部队的主旋律,刚猛和血性是警营的主题曲。一次紧急集合,我跟着队伍没跑多远,背包就散了。慌乱中,一失足,又跌进一道夹沟。在战友的帮助下,极其狼狈地爬出来,冲刺到目的地,随着一声"卧倒"的口令,便趴在了冰凉的碎石上。黑黑的夜,凉凉的风,冷冷的地,我心口发酸,想哭,又怕老兵笑话,咬紧牙关硬着头皮,挺着，挺着……

1993年8月，我终于以优异的成绩接到了武警太原指挥学院的入学通知书。在警官成长的摇篮里就读，晓光微露，我已披着晨曦精神抖擞地跑上了曲折迂回的环山公路；烈日炎炎下，我仍头顶骄阳、步伐矫健地活跃在演兵场；伴着一盏孤灯，还有我伏案孜孜苦读的身影。铁马冰河，雄风四溅。

母亲因劳累病倒在床，是母亲第一次住院手术。身为独子，我多想在母亲的病榻前尽一份儿子应尽的孝道，但军人的责任和使命让我忠孝两难全。而同时，边关冷月没有柔情蜜意，一封封的书信，终是系不住感情的小舟。热恋三年的女友，终因空落与寂寞，悄然关闭了爱的门户。也许绿军装不如牛仔衣潇洒，也许解放鞋不配与高跟鞋旋转华尔兹，但警营、钢枪、铁拳伴我凛凛身影，藏起苦涩的日记，不再唱苍白的情歌。

滴滴汗水，洒进这片绿色沃土；粒粒心血，融进这支锃亮的钢枪。军旅挥戈，我无悔的选择，是我青春中一抹最光彩、最浓重的绿色。

原载《高邮日报》（1995年11月）

春绿汾河

春风又惹桃李艳，汾河春色绿满园。太原市区的汾河东西两岸，已绿化亮化美化成了生态长廊公园，是太原城市建设的一张靓丽名片，更是市民怡情养性的休闲"桃花源"。

琐事纷扰，杂务繁多，很久没有去汾河公园散步遛弯。阳春三月，偷得一日清闲，又到汾河岸畔，已是杨柳依依，草长莺飞，醉笼堤坝。东风徐来，吹面不寒，也吹暖了哗哗的汾河水，随风舞动，波光粼粼，几只野鸭在水中自由嬉戏，偶有飞鸟掠水而过，给宁静的汾河画卷平添了一份生机和活力。看那鹅黄新绿千姿百态，花羞吐蕊娇艳欲滴，万红千翠相约、相争在春风里，柔美盎然，赏心悦目，沁人心脾。湿漉漉的空气中弥漫的是春的气息、春的味道，将一脉阑珊春意铺满了汾河水岸。

"草长莺飞二月天，拂堤杨柳醉春烟。儿童散学归来早，忙趁东风放纸鸢。"汾河的上空，飘动飞舞着色彩斑斓、形状各异的风筝。放风筝的老人、小孩在明媚的阳光下快乐地奔跑着，手不停地摆弄着风筝的线。放飞的风筝，承载着幸福和快乐，更承载着梦想和追求。曾几何时，我也在这汾河滩上追寻春天的足迹，放飞青春的风筝，筑梦军人的理想和抱负。

1990年，军委征集第二批春季兵。我就是在这充满希望和活力的阳春三月，从里下河应征入伍。初入警营，我分在被誉为"迎泽大街好四连"的四中队，部队在汾河东岸担负着省广播电视厅的守卫任务。驻扎繁华的城区中心，寸土寸金，中队训练场地受到很大的限制。特别是在射击预习、投弹等科目训练上，只能因地制宜，选择了当年还是杂草丛生、一片荒芜的汾河滩，开辟出一片简陋的综合训练场地。春风正暖，朝阳正好，一群风华正茂的年轻士兵怀揣五彩梦，从军走天涯。人生的憧憬和追求在汾河岸畔扬帆起航，在明媚的春光里生根发芽。足音如鼓，号角震天，萧条疏落的汾河岸边绿意浓浓，生机无限，渲染着橄榄绿旺盛的生命力。我的射击动作不标准、不规范，叶文芳指导员亲自给我讲要领、做示范。若干年后，我调入指挥学院担任三大队政委，学院的政委正是我当兵时的叶文芳指导员。一次，徒步野营拉练，我奉命带队出征，晚上露营夜宿萧河，叶政委亲自督导检查，慰问部队。篝火晚会结束后，我和政委在余灰未尽的火堆旁，闲聊往事，谈到那年在汾河滩的训练，我和政委会心地笑了。汾河无语，却见证了年轻士兵的忠诚！白云缄默，却目睹了年轻士兵的艰辛！迎泽大桥上的行人情不自禁驻足观望，看可爱的军中儿郎威武雄壮，英姿飒爽。我的自豪感、自信心油然而生，身上穿的不仅是一身绿军装，肩上扛的更是一份责任，一份使命！那一瞬间，不谙世事的农村懵懂毛头小伙，似乎长大了、成熟了。

从春天里的汾河岸，我走进了军校的大门，毕业后，依然分配回原单位服役。部队担负着省城重要目标的警卫、守卫、看押、巡逻等勤务，我穿梭奔忙在汾河两岸，在不同的工作岗位砥砺成长。

也是万物复苏的春天，从军二十四年的我被组织确定转业。军转，不是华丽的转身。脱下绿军装，面对人生的二次择业，我迷茫、困惑。待业于家，我又无数次不由自主地漫步汾河公园，也曾无数次默默地伫立沉思，不由想起那年的春天，那个稚气未脱、佩戴列兵警衔的我，在汾河滩上训练的镜头一次次在眼前闪过。立正稍息，报告班长，回眸无言，泪已满眶……春绿汾河，我找回了自信心，坚定了勇气，有了一切从零开始、奋力开拓新天地的男儿豪情！

　　花有重开日，人无再年少。千帆过尽，回首当年，纯净的梦想渐行渐远。如今，人到中年，银丝几许，在新的工作岗位亦小有成就，满载收获。漫步春天的汾河，热血依然不曾退却，汾河岸畔，有我永远的眷恋和寄托，有我珍藏于胸的美丽回忆。

原载"汪迷部落"（2018年8月）

红尘恋曲

　　曾经的刻骨期待走远了，那种难以抗拒的、激动的、不可名状的美妙感觉走远了。伴着你徘徊的步履，那份纯情已走向遥远，遥远成一朵流浪的白云，一朵漂泊的浮萍，遥远成一幅古老的油画，一幅永远无法触及的风景……

　　然而，"12·31"这岁末的阳光划破透明的冬日、洒满额头的时候，淡忘的往事飘然而来，又敏感地触动了我的心弦，叩击着我的心扉，勾起深长的幽怨与惆怅。回眸想起那渺茫的音容和惶然共度的岁月。

　　"夜静酒阑人散后"，伴着孤灯冷月抒写着我残破的思潮。我是不幸的人，又是极其幸运的人，拥有一种琴瑟和美的音律，在真实的生命中，与你在一方蓝天下占据着一个丰富的世界。

　　我们坦诚相处过，曾用充满关怀和爱意的目光相互凝视，又将青春的岁月演绎得绚丽多姿。寻不到太多的笔墨来描述我们之间的默契，但可遇而不可求的青春岁月还是错过花期。无可改变的结局，用滴下的泪水成为你我之间故事的最后一个残缺的句号。

　　你回避的眸子揉碎了我的心，使我认清了银灰色的现实。我们之间很难逾越的沟壑，已经人为地拓宽拓深了，我回天乏力，顺应天理、顺其自然吧！我不再去看黑夜里的满天星斗，因为任何星座上都寻不到我心魄深处呼唤的芳名。

我也许该退役回江苏了，从此你北我南天各一方，但留在太原也是近在咫尺，相隔天涯！注定你只是我的传说，我只能在追忆中为你微笑，为你祝福。祝福的心，虽然很痛，但我还是愿意把我们的故事深埋在雪地里，守着残留的一点红晕，燃烧全部的芬芳，渴盼着百年后珠琳里的相遇、相逢。

我狭窄的肩膀似乎还不足以抵御两人的风雨，但纯真的爱情都无法抵御萌芽破土而生。躁劲不安的青春留给了我的狂热和骄傲，相挽走过的长长短短悲悲切切的三年光阴，我如一只不甘幽暗的无畏灯蛾，义无反顾地鼓动双翅，勇往直前地扑向那诱人的、燃烧着的火堆。然而，芳香的一瞬，却换回了我今日的忧伤和寂寞。

心怀感恩你曾经的付出和所做的牺牲，我这清纯自尊的南国男儿才心甘情愿忍屈受辱。在你的心里，我们已经寻找不到共同的语言；在你的眼里，我再也不是可以依赖的男人，可我也不是你所指责的这样或那样的人呀？！

落花有意，流水无情。事情发展到今天这难堪的境地，我还有什么在乎与不在乎、讨价与还价。我不敢希冀什么、奢望什么了，只求你，只求你收回莫须有的断言。

你本是一位志洁行芳的无瑕女孩，因为你的狂热，破坏了甜蜜的宁静；因为你的欲望，粉碎了纯洁的完美。我是个纠纠大兵，又在指挥学校苦读，不能伴你左右，孤独的你寻求了短暂的解脱，寂寞的你搜寻了片刻的欢愉，何曾料到错误的一瞬间会制造命运的沉坠。情场失败了，又搭上人格的失败，聪明的你啊，却办了荒唐的糊涂事。

"爱"遂在我们的生活中失去，在岁月里淹没。从此，我的生命天昏地暗，春风不在，连绵的阴雨遥落无期……

我知道你就在咫尺的前方注视着我，跌倒的男子汉不该躺着不起，我必须凝聚所有的热情，用追求的犁铧微笑着去开垦寂寞，让空虚、失落、痛楚、失望连着多情的泪水在无声中流淌吧！我需要的是面对现实，我需要时时面对起步的人生。我输掉了男子汉的尊严，却没有输掉男子汉的信心。我用苦涩的嘴唇舔净了伤口，蹒跚走出了漫长而潮湿的雨季，苦心磨砺，惨淡经营。我笔尖下流淌的文字散逸出油墨香的铅字，我的世界漾出一片生机，有了一束微笑。你温存的情感曾宠坏了我，让我迷失了自己，你留给我的痛苦也挽救了我，让我寻回充实而崭新的自我。

成绩虽然斐然，但毕竟在你面前高昂起男儿无价的头颅。

卢梅坡写下了一句："梅须逊雪三分白，雪却输梅一段香。"记得我以前和你说的那句话吗？谁笑到最后才是胜利，我会用军人广阔的胸襟开拓未来，男儿宽仁的胸怀笑傲生活……

也许，有一个"12·31"如期而至，如约而来。你能坦白而说，"1991—1994年"，我们真诚地爱过。

我愿足矣！

1995年7月，山西人民广播电台播报

回首五龙，回望青春

太原是历史悠久的文化名城，别称龙城。

在其东南部与榆次相交界的一个称作五龙沟的小山村，偏居一隅，寂静落寞。因武警太原指挥学校（后改为学院）坐落于此，五龙沟名传四方，是融入一届又一届"五龙人"血脉里的情结，是渗透一茬又一茬"五龙人"骨髓中的情愫。

军校群山环抱，依山而建，千回百折，层台累榭。学员们习惯地将校园称为一道沟、二道沟、三道沟。

晨光熹微，东方欲晓。校区里早操队伍齐头并进、迎头交错。呼号声、军歌声、脚步声，声声震耳，响彻云霄，久久地回荡在这个三晋大地的小山沟里。

1993年8月底，怀揣着对未来的抱负和理想，对前程的憧憬和展望，我考入"太指"。同批考入的学员有155人，被编为学员二大队，辖管四个区队。其中，一、二区队为内卫专业，三、四区队为后勤专业。内卫专业的学员大都是基层一线的优秀士兵，我是以大队部的文书岗位考入学校的，却是内卫专业，属于个例。数月前，还是在太谷考场竞技较量的对手，如今却成了朝夕相伴的同窗。共同学习训练、一起摸爬滚打的青葱岁月里，结下了深厚的同学情谊。时至今日，我和"二王"（王文忠、王四清）都是铁杆同学，保持着非常亲密的联系。

我们最美的青春芳华静静绽放在这偏僻的山沟，跃马扬鞭引吭高歌的军校生活是另一个世界、另一片天空，号吹而起，号落而眠。节假日期间，学员严格按照比例请假外出；无聊无事的日子，就去后山坡上，席地而坐，手上捧一本书，嘴里叼一根狗尾巴草，看云卷云舒，单调而又规律，寂静而又充实。

新兵入伍和新学员入学异曲同工，都要进行强化训练。学员大多自来战士，但要优于战士。可以说，学校对学员的素质和能力是挑剔苛刻的，训练强度更大，要求更严，标准更高。入学的强化训练以队列和体能为主。开训的第一个科目是"站军姿"，最简单的也是最难的。初秋季节，仍是热气逼人。两腿挺立、头正颈直地站数小时的军姿，让人难以坚持和支撑；汗水像虫子一样从全身每个毛孔向外蠕动，夏常服开始粘在身上，汗水顺着脸颊流入嘴角，咸咸的，还有几滴汗水流进眼里，痒涩难忍。入学的激动和兴奋湮没在站立军姿流淌的汗水中，喜悦和亢奋消失在"魔鬼坡"高低起伏的环形山路上。

严格复试、复检合格后，双肩佩戴上了鲜红耀眼的学员肩章。军衔的改变，则意味着身份的转变，是"准警官"了。配发的校徽、书包上刻有字样。我们按照规定统一右手提包，排着整齐的队伍，迈着铿锵的步伐，喊着震天的呼号，昂首挺胸地唱着"双塔昂首刺破云天，那是卫士手中的利剑。太行丰碑巍峨壮观，铭刻着我们的钢铁誓言……"的校歌，往返于二道沟的宿舍与训练场、课堂与大食堂之间。

从此，我开始了"四点一线"的"五龙"生活。

"魔鬼坡"是校园后山的坡道，山西省原自行车训练基地。学校把这环形山路用作学员的体能训练场地。山路环道坡度有长有短，有缓有急，上下起伏，凸凹有形，集结"魔鬼坡"底，迎坡仰视，宛如天堑横亘在前，心生恐惧。在五龙沟的日子里，我不知道在魔鬼坡上流过多少汗。第一次跑魔鬼坡，两圈（约5千米），胃似翻江倒海，欲呕欲吐，汗流浃背用尽洪荒之力越过终点，我瘫软在地，久久地、久久地不想再动弹一下……

魔鬼坡，只是我们众多的训练场地之一。障碍场、摔擒场、战术场、射击场，学校的每一寸土地上，哪一处不是浸透了学员们的汗水和泪水！大队驻扎在二道沟，因地制宜，因势利导，宿舍门口建立了简单的器械训练场，整整齐齐地排列着单杠、双杠。集合站队前，晚间出小操，大家都习惯地自觉围在单、双杠下自由练习。值得回味的是，我毕业后回到了原武警一支队七中队当排长，刺头的班长知道我是文书出身，故意挑衅我做个示范。我悬垂摆动，屈身上杠，支撑后环，弧形后摆，挺身下杠，单杠五练习动作连贯，一气呵成。战士们见了刮目相看，从此心服口服。

一介书生的薄柳之躯，也能倚天仗剑，笑立警营，是"五龙"冬练三九、风雪透衣襟、冰霜凝眉的磨砺；是"太指"夏练三伏、烈日烤肌肤、汗湿衣衫的锤炼。脱胎换骨，破茧成蝶，才有了"不畏浮云遮望眼"的豁达，才有了"一览众山小"的豪迈。

历届"五龙人"以强军兴校为目标，以教书育人为己任，披荆斩棘，筚路蓝缕，学校的建设和发展不断迈上新台阶。例如：汉语言教员田艳红，党的十七大代表，先后被评为全国三八红旗手、全军优秀教师，对教育事业兢兢业业，倾注一腔忘我心血。尤其是她对学员爱惜如子，始终奉献一颗无私爱心。我在校期间，田教员给予我帮助很多。后来听说，她给学弟们的教学中，田教员还提及我，把我的在校作业文章作为范文。工作需要，我调入"太指"，担任学员三大队的政委，每次在校园里遇到背着绿挎包的田教员，她都主动风趣地和我打招呼："首长好！"我虽不是她出色的学生，但田教员却是我最尊重的老师之一。

学校的建设规模和教学质量，走在武警部队同类院校中的前列，不仅担负武警山西总队生长干部的培养，也开始承担全国武警部队特招大学生的培训任务。同时，学校实现了教学信息化、办公自动化、训练基地化、营区园林化、宿舍公寓化的教书育人环境。遗憾的是，2011年10月，由于全军军事院校改革，武警太原指挥学院走过二十六年栉风沐雨的历程，将士泪折绿杨柳，官兵痛别五龙沟，服从全局，撤销编制。

"五龙柳、五龙柳，昔日青春可在否"。五龙沟属丘陵地带，自然条件恶劣，其他树种难以生存，却是柳树得天独厚的沃土。五龙沟里柳树成行，葱茏成荫，一片欣欣向荣，勃勃生机。从五龙沟里走出来的"五龙学子"，不也是那块贫瘠的土地上顽强生长的一片翠绿的柳叶吗？

入学前，五龙沟曾经是我心中最向往的圣地；入学后，是我发誓再也不来的"鬼"地；离开后，是让我始终念念难忘的故地。

回首五龙，回望青春，是对青春过往的归纳梳理，是对流逝时光的打捞回味，更是对不忘初心、继续前行的永远鞭策和鼓舞。

原载"军旅原创文学"（2020年7月）

饺子里的情谊

民间有"好吃不如饺子"的口头禅。

现在,生活条件的改善和提高,吃饺子就是一件简单的事。但饺子做法讲究,品种花样繁多,仍是饮食文化中的精品,是北方人特别喜爱的美食。

我生长在南方,故乡主食为米饭,少做饺子。偶在农闲季节的雨天,父母闲着无事也会上街打肉摇面包饺子。北方包饺子,是手工和面擀皮;而老家包饺子,是人工手摇机械压面,把面皮切得方方正正,折成元宝形状的饺子。饺子煮熟后,放入事先准备好的"三鲜汤"里,再撒上切碎的青蒜叶做成汤饺。第一锅饺子,通常是一碗一碗地送给左邻右舍和同村而住的姨娘和姑妈家,这个差事往往都是安排我跑腿的。

当兵到了太原,在部队也学会了包饺子。我的相册里还保存着新兵连的时候,班长胡日查带领我们包饺子的生活照。那是在部队第一次包饺子,也是我的新兵生活中,唯一的一次包饺子。

那天,周日下午休息。炊事班要公差帮厨剁馅,将面粉和饺子馅分发各班,各班自行和面包饺子,哪个班先包完,端到炊事班先下锅。"头锅饺子二锅面",领取了食材,各班都在争煮第一锅饺子。当时的条件简陋,我们把班里的学习桌擦洗干净当案板用,找来空酒瓶当擀面杖，把大通铺的铺盖卷起来，铺上报纸撒上面粉，用来摆放包好的饺子。

同班的战友有不少是北方人，尽管是十八九的大小伙子，但和面、擀皮却是轻车熟路，和面加水，均匀揉面。饺皮很关键，面软了，粘手缺筋道；面硬了，易破露馅。必须软硬适中，要有筋道。和好了面，再从炊事班借用一块笼屉纱布，湿润一下，盖在面团上醒一阵子。

擀面皮时，将醒好的面揪成一块块均匀的小疙瘩放在桌上，用右掌心一压，成了一个面片。再左手拿面片的边缘，右手拿起空酒瓶，往面片上压去。左手不停地转动面片，右手空酒瓶逆时针滚动着压面片。一张薄薄的饺皮擀成功了，擀的皮中心稍厚，边缘稍薄。南方籍的兵和不了面，擀不了皮，胡日查班长就教我们包饺子的窍门。包饺子不复杂，其实是最简单的家常饺子包法，两边捏合，双手合拢，虎口向内挤压，一个饺子就成形了。但说起来简单，做起来不易，大家包的饺子大小不一，形状各异，有捏成圆肚的，有压成扁肚的，也有叠成花边的。军用大锅一次性可煮够十来人吃的饺子，饺子到嘴，味道真的很香，大概因为是自己的劳动成果吧！

新训结束后，我分到老军营单独执勤点。初下中队，我担忧的却是周日放假全休，因为节假日期间，部队就两顿饭，周末晚餐从不更改，各班自行组织包饺子。虽心不情愿，但事不由己。

我回到老连队，班长是付金贵，山西长治人。他见我情绪厌烦，干活懈怠，开导我说，将来你也会是带兵的人，带兵的人素质是全方位的，必须掌握一些基本技能，包括和面、擀皮、包饺子。

无奈之下，怀着对美好未来的向往与渴望，我这南方兵也从基础干起。次数多了，和面、擀皮、拌馅、包饺、煮饺竟也无所不能。

部队有一个不成文的规定，"扎根面条，滚蛋饺子"。到部队第一顿饭，就是面条，意思吃饱了不想家，安心扎根，争创一流。营区里回荡着驼铃的旋律，就是老兵退伍季。老兵退伍临行，我都参与包饺子送老兵，陪老兵吃一顿军旅生涯的最后一餐。其实，形式大于内容，送行的饺子充满了仪式感，让离别的愁绪感染着。我在基层一线带兵多年，送了一茬又一茬老兵，我真记不得每次为老兵送行，究竟吃的是什么馅的饺子，只知道饺子是军旅生涯匆匆的句号。饺子里有留恋，有不舍，更有对青春选择的无怨无悔。

饺子，也称作扁食。我当排长的时候与妻相恋，妻子的家是山西东大门的昔阳县。很小的时候，我在村里墙面的宣传标语上知道"农业学大寨"，也在年画里知道大寨人头上裹毛巾，但我不知道大寨（昔阳属地）这地区把饺子叫作扁食。

第一次与妻子回到昔阳，岳母笑问我想吃点甚？我说，随便吧。岳母思索半久说："孩，就给你吃扁食吧！"我心中窃喜，认为给我吃"偏食"，是对我第一次登门的中意和认可。后来才明白，"扁食"就是饺子，是北方人招待客人的最高礼数和待遇。

儿子读小学的时候，我们家搬迁到了太原的大东关街，认识了吕梁兴县的兴泉大哥，两家人相处投缘，感情甚浓。嫂子包的饺子也是一绝，速度超快，味道鲜美。知道我爱吃饺子，他们家包饺子，总记得给我们留一份。儿子上了大学，我们家又搬离了大东关。搬家的那天早上，嫂子送我们，端着的盆里是自己下班后调和的满满一盆韭菜猪肉饺子馅。

现在，一到逢年过节，兴泉大哥总会打电话让我去拿饺子馅。小小的饺子承载了一份厚重的情谊。

饺子穿越时空，停滞在我的味蕾，历久弥香。饺子里包裹着浓浓的亲情，暖暖的关爱，还包裹着我对绿色青春的花样年华深情的眷恋……

原载《山西日报》（2020年5月）

酒的情结

人生百味杂陈，有酒才是清欢。酒，注定是我的生命中不可缺、不可少的一部分。

我出生在腊月，已近年关。只听说，父亲的脸上写满了节日的喜庆，更洋溢着初为人父的喜悦。襁褓中的我嗷哭不停，嗜酒的父亲用筷子沾上高度烈酒，点我唇舌。我没有龇牙咧嘴缩鼻皱眉，反而津津有味地吧嗒着嘴巴。奶奶当下断定，我天生具备喝酒的潜力，遗传了祖辈能喝善饮的酒基因。这大概算是第一次喝酒吧！

"人生不可没友，宴会不可没酒"。在我的世界里，酒是朋友之间一种感情的纽带，是知己之间的一种倾诉，在人与人之间传递着温情和温度。我是男人，男人的情怀都在酒中；我是军人，军人抒豪情、寄壮志的载体就是熊熊燃烧的烈酒。

酒的醇香味道，我是喜欢的，但不嗜酒。有酒定喝，无酒且过。

还是在军校上学放暑假的时候，在柘垛镇上遇到了同窗好友蒋朝春。他大学毕业待分配，暂时帮其哥哥料理去上海的长途客运生意，每日一班，车走人闲。蒋朝春盛情，在熏烧摊买些熟食，我们就在临街的二楼阳台上斟酌小饮。一瓶啤酒倒在"三横"碗里，恰好是满满的一碗。一碗酒，诗一首；两碗酒，话春秋；三碗酒，情义厚。斗酒相逢须醉倒，我和蒋朝春喝酒叙旧，推杯换盏，直到日落西山，晚霞满天，三十四瓶啤酒瓶瓶见底。去小卖部再买酒，售货的担心出事，给钱也不卖酒。一酒成名，喝了三十四瓶酒的故事传到母亲耳朵里，母亲嘟囔：丁家传统，酒是祖宗。现在想来，我还暗自发笑。

曹操"对酒当歌，人生几何"的感慨，李白"天子呼来不上船"的洒脱，杜甫"白日放歌须纵酒"的飘逸，辛弃疾"醉里挑灯看剑"的豪迈，李清照"沉醉不知归路"的风情，无酒无诗，是酒激发了文人创作的灵感，是酒产生了提笔破九天的才思，是酒写下了流传千古的不朽诗文佳句，是酒构建了文学史上的一道道独特的风景线。

武将与酒，似乎又至为密切，更具阳刚、威武之气。酒使猛将出阵，酒使三军用命。关羽温酒斩华雄，武松景阳冈打虎，虎将许世友酒场上嗜酒如命、战场上所向披靡威风凛凛。出征将士更需要一碗壮行酒，奔赴沙场，视死如归。热酒入肚是军人的豪气和胆色，成就了英雄荡气回肠的壮举。曹操的煮酒论英雄，刘邦的鸿门宴，赵匡胤的杯酒释兵权，氤氲的酒香里荡漾的是玄机，是谋略，刀光剑影，剑拔弩张，关乎的是一个政权的兴替，一个国家的存亡。

酒后无眠，我也喜欢在键盘上敲打文字，始终也没有催产出锦绣佳作；和平时期的军人，更无缘因酒成名建功沙场。但酒是桥梁和纽带，是润滑剂和升温剂，让我赢得了一生并肩同行的兄弟朋友。三晋饭庄是太原餐饮业的龙头，饭店老板是革命老区延安的刘家兄弟三人。创业初始，他们在南内环桥东经营三晋饭庄一部。我军校毕业的那年还是少尉排长，便与他们相识。只要我去了饭店，他们再忙乎，都要相陪喝一杯酒，聊几句家常。当时的手头并不宽裕，喝的还是太原酒厂生产的高粱白，却也把酒言欢。陕北人忠厚诚实，豁达豪爽，喝酒更是实心、实在。酒品见人品，和你端起酒杯一饮而尽者，不一定是有酒量的，但一定是和你共同分享在酒后的世界里，那无法用语言表述的轻松和愉悦。醉翁之意不在酒，在乎的是一份兄弟感情。那段岁月里，我们简单从容，爽直坦诚，倒入嘴中的是酒，装进心中的是情。我和刘家兄弟成了莫逆之交，他们戏称我老四。在我的人生路上，他们给了我几许关心和帮助。同时，也让我深深地感悟到，朋友也是一坛最甘醇、最绵甜的美酒，永远窖藏心中，慢慢品尝，细细品味。

男人爱酒，但酒不是男人的专利，女人与酒也有深深的渊源。大同的车姐曾是部队的文艺兵，端庄优雅纤瘦苗条，喝酒却干脆利落，酒到杯干，来者不拒。第一次遇见，她豪情云天、不让须眉、仰脖而尽的风姿，震撼和感染了我。当时，除了敬酒干杯，我找不出其他可以表达钦佩之情的方式。共同的军旅经历和文学爱好让我们有共同的话题，电话那端，她常说的一句话：有时间，来大同喝酒啊！她到太原，我去大同，总要觥筹交错碰上一杯，车姐的快意大气、真诚真实，让我佩服之至，满是敬意。女士因酒平添了一份豪气，酒为女士增添了一份妩媚。酒后的女人，醉态娇憨舞步蹒跚，是别样的风情，让人动恻隐之心，让人想起醉酒的贵妃，百媚千娇，百花含羞。水做的女人，水酿的酒，是最好的约会、最佳的交融。

生活条件的改善和提高，常在酒桌喝二两，"温水煮蛙"一般透支了我的身体。2019年单位组织体检，体质一向强健的我，检查出血糖高、轻度脂肪肝。考虑身体健康因素，一段时间我滴酒不沾，后终究经不起酒场上巧舌如簧的怂恿和诱惑，在无奈、无语中又端起了酒盅。妻子的苛责与埋怨、劝诫与关心，皆抛脑后。只为一场酒，一段情，甚至是朋友的一句话，乐此不疲地应酬在酒桌上。虽有戒酒的决心和信心，可就目前而言，"酒"估计暂时还离不开我的生活，只能掌控尺度，把握分寸，少喝酒不劝酒，爱自己爱家人，也关爱他人。

酒，微醉；人，微漾。来，且斟上一杯，壶里乾坤大，杯中日月长。直呼明月问千古，定是酒后；江山不墨千秋画，也是醉后……

今夜，谁与我举杯相共？

原载《扬州晚报》（2020年7月）

客行长沙

一眨眼，离别长沙一月有余，想写一篇游记，迟迟未动笔。想是湖湘大地人文荟萃、人才济济，不敢班门弄斧。

春晖寸草，三月底，回故乡高邮为长辈庆祝生日。匆匆两天，我与至交陈寿平一行仓促离乡，辗转南京登机飞往长沙。

飞机准点在黄花机场降落，打开手机，铃声即响起。我在禄口机场方告知战友英平去长沙的信息，英平已有事务安排，安顿司机小刘等候在机场接客。送至金雅大酒店，办理好登记住宿手续，已是晚10:30，我才感到饥肠辘辘。入住的酒店后面是一片居民区，周边小饭店还没有歇业。挑选了一家经营当地特色的小店，店里的墙面上张贴着菜名、标注着价格，我点了一份猪心盖浇饭，咸辣香软，开胃爽口。满满的一份，竟然清盘吃净，感到湖南菜的特点就是辣。

我和英平2009年相别太原，虽保持联系，但一直无缘见面叙旧。知我客行长沙，英平把行程直接做主进行了安排，尽显地主之谊，更彰显出湖南人的直率热情，真诚重义。

一、仰望韶山

客随主便。按照英平的意见，我们长沙之行的第一站，是去瞻仰毛主席故居。儿时，家里有一个塑料制作的工艺品，印刻的就是毛主席故居，图案下面是一行"革命圣地——韶山冲"字样。初始学字识字，大概就是从这开始的。仰望韶山，踏访伟人故里在我幼年时就早已萌芽生根，向往已久。

车下高速，我们在当地退伍军人开的一家农家乐饭店用餐。知我也是军人出身，老板格外热情，也很会做生意，给我们推荐了当地的毛公酒。来到韶山，未拜毛公，先品毛公酒，再尝毛氏红烧肉。当地的百姓，开发旅游，打造品牌，因主席受益，实惠颇丰。饭后，老板赠送我们一枚主席像章别挂在胸前。

毛泽东铜像广场地势平坦，视野开阔，四周青山环抱，场里松柏青翠，一代伟人的铜像矗立在高高的基座上，手持文稿，目光悠远，风采照人。正是清明前夕，游人络绎不绝，如织如潮，但秩序井然，人们自觉地排队缓行，满含深情地怀念，虔诚地鞠躬、献花。毛主席的铜像前，铺着红地毯，摆满了花篮。我也庄重肃穆绕行铜像三圈，深深地三鞠躬致意。

毛主席故居名叫"上屋场"，坐南朝北，青砖泥墙和黑木灰瓦的建筑呈"凹"形。毛主席在此学习、劳动、生活，度过了他的童年和少年时代。在毛主席故居武警警卫班一名战士的引领下，我们走进毛主席故居，凝视毛主席睡过的床铺和用过的锅灶、方桌、长凳、农具等，仿佛伟人的气息和遗风扑面而来，崇敬和缅怀之情油然而生。

毛主席故居旁是荷花塘，荷花塘的西岸就是过去的毛家饭店，现居住着毛泽东故居警卫班的战士。在警卫班小憩片刻，我们步行到毛泽东纪念馆参观。纪念馆主要分"生平馆"和"遗物馆"两个部分，既是对毛泽东同志的生平介绍，更是对中国革命的历史梳理。

引人注目的是陈列的一件睡衣，陪伴了毛主席二十多年。这件打有七十三个补丁的睡衣，让人不敢相信是一个大国领袖的衣物。目睹这件展品，我眼眶发湿泪水打转，从心里由衷感叹："这就是共产党人的党风！"

由于时间关系，我们没有去滴水洞等景点。主席故居行，虽是蜻蜓点水，走马观花，但了却了我多年的夙愿。

返回长沙的途中，我一直在思索，毛主席离开我们四十多年了，但从瞻仰故居的洪流中，人民崇拜和爱戴的热情却丝毫没有减弱，伟人虽去，老人家依然活在人民的心中。"没有毛主席，就没有新中国"，仍然是中华子孙的共同心声。

巍巍韶山，灵秀风光。太阳不落，江山永红。

二、风流湘江

陪同好友陈寿平参加2019年长沙国际大豆食品加工技术及设备展览会后，用手机查阅了行走路线，我们乘坐地铁过湘江，直达橘子洲。

橘子洲位于湘江的江心，绵延十里，环抱江水。因毛泽东的《沁园春·长沙》而名扬天下。

四月的橘子洲，春潮涌动，芳草萋萋，绿意葱茏，充满了现代园林的时代气息，美不胜收。观光游览车靠站停留，游客一次购票，可以在不同景点，分四次上下车，我们一站坐到橘子洲头。一代伟人毛泽东的花岗石雕塑，屹立在橘子洲头，是橘子洲的亮点景观工程，也是标志性的建筑。雕塑依据1925年时期的毛泽东形象创作而成，形态逼真，栩栩如生，俯瞰两岸，雄视天下，勾勒出青年毛泽东胸怀大志、意气风发的潇洒和神韵。高32米、长83米、宽41米，数字的寓意不言而喻。雕像前，碧草如茵，繁花似锦，游客拿着手机争先恐后地拍照合影。我也挤入人流拍照留念，留下瞬间美好的回忆，更留下的是对一代伟人的崇拜和敬意。

站立洲头，放眼望去，浩浩荡荡的湘江水汩汩向北流。毛主席和一群同学少年中流击水、横游湘江仿佛还在昨日，"问苍茫大地，谁主沉浮"的历史叩问，意境浪漫，大气磅礴。在激扬文字中，视天下为己任的豪情壮志喷涌而出。一群为天地立心的有志青年从橘子洲走来，一代为生民立命的舵手征程从橘子洲开始。历史赋予了橘子洲一份厚重的文化，一种伟岸的魂魄，一曲风流的赞歌。

洲上信步，我们走到游船码头，登上游艇乘风破浪，绕行橘子洲。江风习习，水浪滔滔，四月的长沙乍暖还寒，虽是天气阴沉，江风拂人，但我还是伫立船头，嗅着湘江飘荡的水腥潮湿气息，看着江上舟船南北走，岸上车辆四方跑，抚今追昔，一任思绪飞扬，感慨大自然的悠久流长，感叹伟人的情怀豪迈，感伤世事无奈沧桑。

在微信朋友圈，我发了在橘子洲拍摄的照片，也信笔写道：湘水依然向北流，橘子洲头几度秋。搏浪击水昨日事，长征鼓角不停休。

三、书香岳麓

离开橘子洲，穿越湘江，半个小时的路程就来到了岳麓书院。

岳麓书院，为中国古代四大书院之一，是湖南人民引以为豪和骄傲的地方。

余秋雨说，中国历朝以来凡是国有危难或难了之局，都交给湖南人去办了。此说，我甚是不解。岳麓书院之行，让我恍然感悟，心领神会。

三湘多雨，淅淅沥沥的雨丝，飘飘洒洒，雨中的岳麓书院湿漉漉的，更显透彻、澄净、明亮。岳麓书院布局采用了中轴对称、纵深多进的院落形式。主轴线的主体建筑依次为前门、赫曦台、大门、二门、讲堂、御书楼。讲堂两侧是半学斋、教学斋，是昔日学生、老师的居舍。儒道互补，庄重典雅。在书院的园林中，无论是小桥流水，还是假山回廊，都与讲堂构成了一幅浑然天成的画面。

讲堂是教学重地和举行重大活动的场所。

导游介绍，上面摆着两把围椅是为了纪念张栻和朱熹这两位大师论讲于坛上而设的，表示两位大师平起平坐，不分秋色。当年两位会讲的时候，进行开放式的学术交流，这不但开辟了会讲情形，而且造就了千徒的空前境况。可以想见，天下学子八方而来埋头读书，老先生孜孜不倦在讲堂解疑释惑。中兴大臣曾国藩、封疆大吏左宗棠，都曾在这里听课学习。这种渗透着人文精神的讲堂让人感到亲切，也多了几分肃然和敬畏。

岳麓书院的青瓦白墙闪耀着千年凝聚的智慧，庭前廊下摇曳着百年积淀的书香。作为湖湘文化的摇篮，培养了一代又一代经世济民的人才，甚至影响和改变了中国的发展进程。

讲堂内有三块匾。其中的一块匾"实事求是"，就是岳麓书院的校训，教育学生崇尚科学，追求真理。毛泽东和蔡和森等一干青年在这里探讨救国真理，纵论天下，指点江山，激扬文字。我想，这块匾一定对当年在这求学的毛泽东产生了深远的影响，后来，把"实事求是"也作为延安抗日军政大学的校训，来教育广大干部群众，成为毛泽东思想的精髓部分。

晚上，英平在"佳尝便饭"为我们饯行。因家属随行，特意邀请企业界的美女老板周安妮相陪。席间介绍得知，她的生意风生水起，在长沙颇有声望，一个娇小玲珑的辣妹子，一副弱不禁风的模样，却沉稳干练，事业兴旺，让我由衷感慨，想起岳麓书院门口那副白底黑字的楹联"唯楚有材，于斯为盛"，这是对岳麓书院精神滋养下的湖南儿女最高的褒奖。

麓山莽莽，湘水泱泱。千年的岳麓书院，风骨依然，书香永恒。

凌晨5点，手机铃声响起，英平执意要送别机场，已在酒店大厅等候。黄花机场，与英平相拥告别。

挥手自兹去，情留方寸间。再见了，美丽的长沙！再见了，长沙的朋友！

原载"同步悦读"（2019年5月）

冷秋的法国梧桐

法桐一叶落,天下已知秋。萧瑟、落寞的冷秋时节,一纸调令,我离妻别子,默然离开了熟悉的太原,夹着几许离愁和悲怆来到人地生疏的关公故里——运城。

漫步街头,蓦然发现道路两边,竟是几棵高粗的法国梧桐,青白斑驳的皮肤,黄白交错的纹理,沧桑中蕴含着深沉、敦厚、旷达。微雨的天空没有风,却依然有一两片浅黄色的法国梧桐的叶子悠悠然地飘落下来,飘在肩上,落到地上。细雨霏霏,拉近了法桐与我的距离,给我一种亲近感、归属感,是久归故里,是旧友重逢。

高邮的中市口街是否还是繁华闹区,街道两边是否还种植着法国梧桐,我不得知。但在童年的记忆中,过去的中市口街道两旁种植着排列整齐、错落有致的法国梧桐。园林工人的修剪,法桐高大的枝干在道路上空靠近、汇聚、相连,形成了一顶顶绿色的华盖,修饰成天然的绿色走廊,在阳光的映照下缤纷如画,浓浓地烘托渲染了城市的魅力。在农村孩子的眼里,这一排排端庄的法桐就是城市的象征、城市的名片、城市的文化符号。跳出农门,休憩在法桐的绿荫下,在城市天空下寻求生存发展的梦想,是农村孩子遥远的憧憬和向往。

鱼跃龙门,梦成现实。在北方的都市生活许多年了,似乎忽视了法桐的存在。天涯何处无风景，人在异乡有风情。眼前这幕熟悉的街景，让我莫名的惊喜和无言的激动，有一种原来便在灯火阑珊处的恍然。法桐在运城的大街小巷也是普通寻常的行道树，但行人匆匆漠然走过，没人欣赏关注他的风韵、他的雅丽、他的高尚。冷秋中的法国梧桐，叶随风舞，凛然从容，高大的身躯依然傲立向天，以一种独特的美，抒发对生命的热爱与延伸。漫步树廓下，品味梧桐情，寂寞的我在懊恼中读懂了法桐的寂寞。审视遭遇人生秋天的自我，显然浮躁、肤浅了。法桐自荣自枯，顺应其变，人与物和谐相通。法桐无语，使我豁然开朗，压抑的情绪舒缓开来。

　　风无追求，树无不舍。法桐飘叶婆娑声响，荡漾在我的心间。我笑看云卷云舒，花开花落，怀一份宁静、一份平淡、一份祥和。

原载《黄河晨报》（2011年11月）

那一年，我当指导员

指导员，一个神圣的字眼，一个响亮的称呼，一份厚重的责任。

千禧年初，我走上武警某部六中队指导员的工作岗位。中队在前辈的努力奋斗下，创立了标杆，是部队建设中一面迎风招展的旗帜，担负着山西省人民政府的警卫任务。《人民武警报》刊登的报告文学《红旗为什么这样红》，就是对中队党支部当年按纲建队取得骄人成绩的嘉勉。

中队换防农场后，由于所处的环境和肩负的使命发生了很大变化，中队官兵思想滑坡，士气低迷，出现了很多新情况、新问题，尖刀卷刃，跌入低谷。我走马上任，正是中队从高家堡农场劳动生产两年，换防到太原第一监狱担负生产区的看押任务。虽是百十来人的中队，但"船小也要掌好舵"。面对复杂局面，繁重勤务，琐碎杂事，需要逆水行舟、重整旗鼓，传好手中的接力棒，我感到前所未有的压力和挑战，但压力是动力，挑战更是机遇。

初来乍到，彼此之间不熟悉、不了解，思想上要沟通，感情上要加深，工作上要磨合，我更需要在短时间内熟悉和掌握干部战士的性格特点。"诚能动人，至诚可以胜天"，面对中队全面建设的客观事实，我与支部一班人真诚地沟通思想，交流谈心。都是青春年华，都是热血儿郎，支部一班人都有干好工作的愿望，都有建设一流中队的渴盼。大家建言献策，出主意、想办法，一起分析影响建设的顽瘴痼疾，寻求发展创优的突破口，营造了众人划桨开大船的和衷共济氛围。副中队长幽立坤是中队土生土长的干部，对中队更有深厚的感情，主动请缨走上讲台、走进荣誉室开展队史教育，激发了干部战士不屈服的血性，热血中涌动起崇尚荣誉的情感和争先创优的信念。

有句话说：在家靠爹娘，当兵靠班长。班长是军中之母，是兵头将尾，是干部联系战士的桥梁和纽带，地位突出、作用明显。班长自身素质和综合能力的高低直接影响部队的凝聚力、战斗力，影响部队的安全稳定。而中队个别士官班长在农场劳动两年，组织观念、纪律观念有所淡化。我准备大胆启用二年度兵当骨干，中队长却有顾虑和担忧，认为兵龄短，经验少，压不住。在广泛征求意见的基础上，支部研究决定竞争上岗。想事干事、追求进步的二年度兵抓住机遇报名竞岗。通过角逐，五名二年度兵走上班长、副班长的工作岗位，在中队反响很大，既发挥了二年度兵的作用，也是对不作为的士官间接的警示，更增强了党支部的感召力和凝聚力。

中队驻扎在太原西山的一个山坳里，条件艰苦，任务繁重，荷枪实弹的看押勤务时刻需要保持警戒、警惕。新兵下连，进行专勤专训后，就要单独执勤。我和中队长张玉军商量，决定举办一次别开生面的授枪仪式。支队参谋长杨文生正好在中队蹲点，得知消息后，认为活动有创新、有意义，能够激发新战士的使命感、光荣感，也要参加授枪仪式的活动。仪式上，杨文生参谋长庄严地把一支擦得锃亮、披着红花的81-全自动步枪授予第一次独立执勤的新战士庹华伟，小庹眼噙热泪，激动地从参谋长手中接过钢枪，肩负起责任和使命、光荣和梦想，气宇轩昂、英姿焕发地走向岗楼，走向战场……

勤务工作不允许有半点的粗心大意、马虎敷衍。我任职指导员期间，中队的勤务工作起点高，落脚实，多措并举，秩序规范，没有发生一起执勤事故。值得一提的是，我即将离任调入支队机关，准备交接的时候，一名犯人在作业面突然强行脱逃，中队官兵按照勤务方案紧急出动，及时控制了局面，成功抓获了逃犯。我调回机关工作，第一件事务就是在中队组织召开了支队的勤务工作表彰大会。

远离了金戈铁马、冲锋陷阵。和平时期的部队建设是传承和发扬，经常性的思想政治工作更是部队建设的生命线和精神支柱。我是部队生长干部，读军校也没有系统学习过政治工作，但我有爱学习的良好习惯，肯钻研、勤探索，努力改进工作方式方法，想方设法提高工作水平，把大课堂变为小课堂，小道理引深大道理，春风化雨，通俗易懂。更注重军营文化的熏陶，去养心润德、励志铸魂。发挥个别战士的特长，中队成立了威风锣鼓队。锣鼓声声，催人奋进，长人志气，敲出了部队的磅礴气势，敲出了军人的阳刚与豪迈，更敲出了中队的虎虎生气、堂堂正气、融融暖气。小黑板、小广播载体的运用，凝聚了人心，鼓舞了士气。直线方块的部队生活是单调、枯燥的，而中队却充满了欢声与笑语，充满了生机和活力，精神面貌在潜移默化中有了很大的变化。

班长、排长与战士的家庭都建立了联系，能够准确掌握战士的思想动态。我定期反馈战士在部队的点滴成长，常与战士促膝谈心，送去关爱和温暖。晋城籍战士马峰自幼父母双亡，平素寡言少语，入伍后相依为命的爷爷又染病亡故。我安慰马峰，解囊相助，告诉他，只有一条路不能选择——那就是放弃的路；只有一条路不能拒绝——那就是成长的路。马峰不负众望表现出色，在部队淬火成钢，转了一期士官，当了班长，还光荣地加入了党组织。马峰退伍后，凭借在部队培养的作风和斗志，勇闯商海，诚信经营，成了自食其力独当一面的小老板。情为所动，爱心有声。结婚的时候，马峰再三请求我当证婚人，还恭恭敬敬地对我行拜了"父母"之礼。

战火纷飞的峥嵘岁月里，舍生忘死、奋勇杀敌是军人价值的体现；和平年代，默默奉献、默守忠诚是军人的写照。那一年，我当指导员，小家近在市区，儿子牙牙学语。我是家中的一根梁，也是长城上的一块砖，难得回去一趟料理家务，享受生活。偶有回家，蹒跚学步的儿子躲在窗帘后面，怯怯地望着陌生的我，不敢靠近，不让抱怀，我心头哽咽，眼眶发湿。

黄沙百战穿金甲，不破楼兰终不还。一年的卧薪尝胆宵衣旰食，汗水、泪水的洗礼，迎来了一年一度的年终考核。考核是一时的，但考核前的工作却是长期的基础工程。一天晚上子夜时分，我写完中队党支部汇报材料，走出办公室，去查铺查哨。天上飘荡着丝丝小雨，温度下降，凉意袭人。我发现中队上下哨集合的位置，整整齐齐地摆放着帽子、腰带。转了一圈才知道，是班长王宏喜带班下哨后，没有直接回宿舍休息，而是带着本班战士冒着小雨整理战术训练场。年轻的战士，在父母眼里还是个孩子，而在部队，已是吃苦不言苦、受累不喊累的铁骨铮铮的男子汉。司务长康瑞春带着炊事班连夜熬了红糖姜汤送到训练场，送到战士的心坎上，也送去了尊干爱兵的好传统。那场面一直定格在我灵魂深处，打动着我、感染着我。没有动员，没有命令，鏖战备考的攻坚阶段，中队官兵以强烈的主人翁意识、饱满的热情，利用一切可以利用的时间，摩拳擦掌，精心迎考，信心百倍地争取摘金收银，抢夺红旗。

十一月份的太原，落叶缤纷，雁归成行。从考核动员拉开序幕，到支部会议召开的演示科目结束，一天的考核工作紧张有序，对中队全面建设进行了一次大督导、大检查，严格、细致，甚至苛刻。交换意见时，总队考核组充分肯定了中队一年来按纲建队取得的成绩，司、政、后均为优秀。

那一年，我当指导员，无惊天之言，也无动地之举，干了自己该干的事，尽了一个指导员应尽的责，没有辜负期望和重托，弱扁担挑大梁，蓄势发力。中队终于再次跨入先进行列，党支部也被评为基层优秀党支部，在大队党委的力荐下，我个人也荣立了三等功。

风起画堂，帘箔影翻青苔淖；月斜金井，辘轳声度碧梧墙。那一年，我当指导员，责任在肩，水阔山重，迈出了军旅生涯中一步坚实的脚印，与中队官兵携手并肩，共同用赤诚和坦荡书写了青春奋进的力量。

方阵无言，沉雷在蓄。行文于此，我的耳畔又响起了中队开饭时，官兵列队在饭堂门口两棵高大的泡桐树下，那响彻云霄的歌声：过硬的连队，过硬的兵，过硬的思想红彤彤，过硬的子弹长了眼，过硬的刺刀血染红……

原载《珠湖》（2018年4期）

难忘吴万广老师

> 在又一个教师节来临之际,请接受一名学子深深的祝福。
>
> ——题记

敲完最后一个字,我伸了个懒腰。熬了一个通宵,首长交给我的一份报告材料终于大功告成。随手翻开日历新的一页,是9月10日教师节,让我又想起了吴万广老师,他的音容笑貌犹在眼前。

1984年的初秋季节,我升入司徒初中读书求学。三年的生活中,我的班主任兼语文老师是刚从校门迈出的吴万广老师。

那时,吴老师还是个二十来岁的小伙子,年长学生几岁,我们亦师亦友。他高个子,黑皮肤,自然曲卷发,走路姿势有点特别,身子前倾,脚跟踮步。晨跑时,喜欢穿一套有两道白边的蓝色运动服,英姿雄发,充满着青春朝气和无穷活力。

吴老师是一个普通的民办教师。他常说,要给学生一碗水,自己就得有一桶水。他没有在高等院校学习过,但谦虚好学,很注重平时的知识积累,爱学习,肯钻研,执着教育事业,热爱三尺讲台。为了当好班主任,教好学生,他住在学校很少回家,把一腔热血、一片深情无私地奉献给了我们一群无知的农村少年。

我们那届学生是吴老师初为人师培养的第一批初中学生，大约有一百来位同学。后来，我们陆续从贫穷、落后的农村走出，考入中专、大学的，有二十多人。这在城市的学校也许不算什么，但在家乡普通的农村学校，那是个天文数字。吴老师倾注了许多心血，浇灌了我们的希望和未来。真挚之情，从教之恩，让许多学生终生铭刻难忘。

吴老师讲课别具风格，条理清晰，剖析透彻，语言深入浅出。他的课，深深地吸引着我们一双双渴求知识的眼睛，我们都喜欢上他的课。吴老师在教每篇课文前，习惯手捧书本徘徊在教室的走道间，大声地朗诵全文。语调抑扬顿挫，铿锵有力，如同话剧演员在舞台上演说台词一样，有腔有调，有板有眼，有情感，有气势，仿佛要把文字蕴藏的含义给宣泄出来。初学的课文，让吴老师这么一番饱含深情地朗读，我们朦朦胧胧地似乎已经明白了一些什么，知道了一些意思。

吴老师勤力劳心，诲人不倦。今天，我能够在部队政治机关从事文字工作，真的很感谢吴老师对我的教育和帮助。我上中学时，不是一个品学优秀的学生，生性贪玩，厌恶学习，成绩总是排在班级的后面，是典型的反面教材。但我那时小有才情，偏爱语文，尤其喜欢作文课。吴老师没有因为我不思进取，学习消极，而对我顺其自然，放任自流。对我的亮点，吴老师及时地给予了表扬和鼓励。那时候的习作是肤浅幼稚的，充满美丽的幻想，倾诉内心的纯真。每一篇习作的后面，吴老师都认真地做了点评。红笔书写的评语，有的比我写的文章还长。布局谋篇自己没有意识到有什么特殊的地方，老师点睛一笔，才感到自己的小作文原来也有创意、有新意、有灵气。老师的溢美之词，固然是出于鼓励，却点燃了我的自信和执着。从此，我与文学结下了不解之缘，做起了瑰丽的文学梦。在艰难崎岖的文学路上，我这个跋涉者，想到老师当年的鼓励和期盼，坚持用生命和灵魂去吟唱，笔耕不辍，作品在全国各大报纸杂志屡有发表。

岁月如风，人生是旅。吴老师辛勤浇灌的一茬又一茬学生，似雄鹰展翅，各奔前程。

2004年，我在中国刑事警察学院脱产学习。中学时的一位同窗学友从上海飞到沈阳办理公司的业务，匆匆十来年没有时机谋面相聚，却他乡遇故知。我们倾诉衷肠，彻夜难眠，谈起昔人往事，说得最多的就是吴老师，仿佛又回到了孜孜求学的少年花季，又听到了吴万广老师神定气足、不疾不徐的朗读声。

苦心育才童，欣待桃李开。学生事业有成，也许是对老师最好的报答吧！

原载《高邮日报》（2005年3月）

骑脚踏车的少年

时代发展了，开车是轻松快捷、时尚阔气，但耗油费钱、堵车堵心，还提心吊胆防范铁面无私的"电子眼"。

昨天下班，走至半途，路遇晚高峰堵车，寸步难行，让人心急更无奈。二十五分钟的路程，破天荒走了两个多小时。心中暗想，开车还不如骑自行车方便、自在。

说实话，整日坐在办公室里，人也变得懒散了，且长期缺少运动锻炼，总感觉全身乏力、无精打采。回家后，妻子动员我，骑自行车上班既环保低碳、强身健体，又能减减身上的赘肉，何乐而不为？！

其实，我小时候，是疯狂迷恋自行车的。回望岁月，记忆深处总有一串清脆、悦耳的脚踏车铃声……

故乡人称自行车叫脚踏车。在20世纪80年代初，自行车还是稀罕物件，也是时尚的主要代步工具。人们对自行车的追崇热度，与时下对汽车的酷爱相似。那个年代，拥有一辆自行车是很风光的，也是财富和身份的象征。

我读小学三四年级的时候，父亲买回了一辆"二八大杠"的"长征"牌加重自行车。支起车架，蹲下身子，我摇动着脚镫，看着飞转的后轮，我激动兴奋，幻想着哪天也能驾驭着脚踏车潇洒走一回。年少无知无畏，放学回家，我把书包往饭桌上一撂，父母还在责任田干农活，就偷偷利用这段间隙，斗胆推上自行车去打谷场溜达几圈。没有人帮忙扶着后座，个头又小，跨上自行车脚还够不着车镫。于是，就一脚支地，一脚踏在踏板上练习滑行。初始，车把总往一边倒，几番挣扎，几经摔打，慢慢掌控了平衡。然后，右腿从车大梁底下伸过去，斜着身子努力地够右脚镫子，名为"掏螃蟹"。后来，"掏螃蟹"熟练了，我就骑在大梁上半踩着脚镫继续练习。就这样，历经一路演变，我一人东歪西倒跌跌撞撞地学会了骑脚踏车。一个夏日，家里的远房亲戚骑着新款的"永久"牌脚踏车来串门。我心急手痒，顶着炎热推出车子到村里的街上溜了一圈，父母才惊讶地发现我竟然偷偷学会了骑脚踏车。看着他们的表情，我心里美滋滋的，一脸的自豪和得意。

学会骑车初始，瘾头大，劲头足，从来没有疲惫的感觉。在村里砖头铺的街道上，在凹凸不平的乡间田埂上，我激情飞扬、兴致浓厚，转了一圈又一圈，额头上挂着滴滴汗珠，在阳光的照射下，闪烁着水晶一般的光芒。白色的衬衫在风中呼呼作响，奏响了年少的梦想和追求。骑车时间久了，骑车的本领也提高了，双手脱把、飞身上车、骑车过独木桥都是小儿科，常常吸引路人投来惊羡的目光。但，也有马失前蹄的时候。一次，我骑车带着母亲去镇上赶集，途经曹张村没有栏杆的石板小桥，母亲要下车，我想炫耀一下车技，自信地坚持骑车而过。车到桥中间，我突然心慌害怕，车把不停地左右晃荡，挨擦桥边摇摆而过。我和母亲都惊出一身冷汗，母亲跳下车，要打我的手举在半空，却忍不住笑了！

后来，我去了邻镇马棚的学校住宿读书，家中的脚踏车成了我的专车。我的小萍姨姐恰好也在马棚教书。姨娘家条件好，姨姐骑的是轻型款的无梁"凤凰"牌脚踏车。相比之下，我的车显得寒酸。所以，我从不乐意和她结伴一起往返。从家到校，由校返家，我一路悠哉地骑着脚踏车，转动的车轮是飞翔的翅膀，载着轻松、载着快乐，载着憧憬和自由。车轮前滚，景向后移，幸福地翱翔在乡间小路上，奔驰着走过一段纯真、美好的时光。乡村的马路上，偶尔也闪过一辆公共汽车和大货车，频繁出现的运输工具仍是拖拉机。那时，我年少气傲，把脚踏车当"大奔"，使劲极速狂奔，得意地与拖拉机并排而行。蹬累了，松口气就慢下了一步，紧蹬慢蹬赶上，一手扶把，一手扒拖拉机的后槽帮，随车而行。

云淡风轻，夕阳西坠，把骑脚踏车的少年定格成一幅美丽的图画。

被遗忘在时光里的脚踏车，跟随我跋涉在年少时代。追忆似水流年，踏着脚踏车走过的岁月出现在记忆深处，一圈又一圈地行驶在我的漫长心路上，我仿佛看到了人小鬼大的少年扶着脚踏车摔倒在遍地灰尘的打谷场上，又仿佛看到了意气风发的少年踏着脚踏车一路迎风疾行。

原载《高邮日报》（2014年11月）

挑河的日子

挑河是我朦胧而又遥远的苦涩记忆。

儿时,还是大集体年代,每年到冬季农闲,却是父亲最辛苦、最劳累的时候。父亲是参与挑河的主力军,母亲收拾打理好行李,不忘给父亲带两罐自家腌制的咸菜。挑河工期长,要到腊月年根儿方能收工回家。父亲和那个时代的农民,用一把大锹两只粗手,一根扁担两个箩筐,用原始落后的手挖肩挑的人工劳作,一担一担地挑出一条河来。

农村实行承包责任制后,大规模的集体组织挑河已经是尾声了。辍学在家,是我青葱岁月的一个留白期,彷徨无助,迷失了方向。那年冬天,村里还有小型水利工程任务,在离家不远的"人字河"清理河床,疏浚河道。村里按照户口人头分摊任务,不出劳动力挑河的,就拿钱顶挑河的名额。父亲在村里当干部,事务杂多。于是,十七岁的我,带着初生牛犊不怕虎的闯劲和韧劲,迎着凛冽的寒风,沐浴着灿烂的冬阳,卷着被褥,扛着工具和一群大人上了去"人字河"工地上挑河的挂桨船。

挑河是农事劳作中既苦且累的繁重体力活。

天气凝寒、白霜遍地。太阳懒懒的刚露脸,空旷豁然的挑河工地上已是人流穿梭,一片忙碌。"挑不挑,一头两大锹"。我年龄小,体力单,初到工地挑河,一担挑泥的担子很沉重,两人高深的河底,挑到两人甚至三人高的圩堤上,一个来回,气喘吁吁,肩头疼痛,脚步踉跄。农村人心地纯朴善良,本分厚道,没人嫌弃我干活拖累要多出一把劲、多卖一份力而埋三怨四,欺凌弱小。他们力所能及地帮助我、关照我,也特别将我担子上的泥块挖得小一些。让我在挑河的短暂日子里,孤寂、浮躁的心有一份慰藉,一份温暖,至今感念不已。我也不甘示弱,舍得卖力,坚持咬着牙一担一担地挑着、一天一天地熬着……

工地虽离家不远,但干了一天挑河的体力重活,累得疲惫不堪,就在挑河工地附近的农户人家安营扎寨。农村人热情好客,把自家的堂屋打扫干净,无报酬地借居挑河民工。挑河体力消耗大,不到饭点,肚子就饿得咕噜叫。

工地上的伙食是不错的,队里固定一人做饭,送午饭到工地,免去来往浪费时间,影响工程进度。在风尘弥漫的圩堤,我们吃得狼吞虎咽、津津有味。晚上打牙祭,顿顿有慈姑烧肉、黄芽菜汤。一群汉子甩开挑河的疲劳,驱赶黑夜的寂寞,喝着廉价的酒,吃着大块的肉,大声地吃喝着,其乐融融,给单调、枯燥的挑河日子增添了美丽的色彩。我也大胆地端起酒,一饮而尽,辣辣的,呛得直流泪,逗得笑声一片。酒足饭饱,我们抱几堆穰草,打个地铺,寒冷的冬天,挤挨在一起也是温暖和幸福的。

借着昏暗的马灯,我躺在地铺上读喜欢的文字,游走在自己的精神世界。大人们闲得无聊,蜷缩在被窝里,抽着劣质香烟,胡聊神侃,甚至讲一些七荤八素的故事,羞得年少的我满脸红,扭转头去!

岁月清浅,时光潋滟。挑河的日子,沉淀一份铭刻于心的挑河情怀,在生命中不曾走远……

原载《珠湖》(2016年第4期)

我的新兵班长

兵之初，领我迈开军旅路上的第一步的新兵班长胡日查，是内蒙古呼市人。个头不高，消瘦白皙。军营生活的摔打和磨砺，言谈举止间老成、持重；穿一袭洗得有些泛白的绿色军装，干练、威武；一双明亮的眼目，忽闪着军人那份特有的刚毅和执着。

跨入警营的第一天，我的新训生活就与散发着浓郁兵味魅力的胡日查班长紧密相连在一起。

胡日查班长是训练尖子。器械训练场上，班长从容不迫地走到单杠下，双手正握杠，上拉收腹，放摆大浪，在往上方摆动的同时，手臂用力将杠压至腹下部，腹碰杠后上体猛后倒，转杠一圈，轻盈跳杠。整套动作自然顺畅，干净利落，一气呵成。班长的示范动作让我们初入军营的新兵目瞪口呆，惊呼不断，折服不已。精湛的军事技能，让训练场上其他班长也赞叹佩服，博得掌声如潮，喝彩阵阵。

那一瞬间，定格了我要成为班长这样的兵的追求。但部队的生活并不是想象中的浪漫轻松。我是娇生惯养长大的，体单力薄，读书期间又不爱参加体育活动。训练中，学动作很是吃力，经常拖班里的后腿。我最怕的就是军事会操，越紧张越出错。战友把动作做得标准、完美，就是我一个劲地"冒泡"，做错动作喊"报告"，严重影响了全班会操争创一流的成绩。

　　同班战友埋怨指责，自以为是的我心里失落头难抬，深感自责不安，与战友的感情也渐渐生疏了。训练间隙，班长看我受到冷落，独自一人心不在焉，就组织成语接龙小竞赛。起初，我不以为然，可看到有的战友憋红了脸还接不上，忍不住出言提醒，不知不觉就和战友们玩在一起了。班长趁热打铁，开班务会时，说人有所长，我文化底蕴好，思想境界高，将来一定是个好苗子。班长的话，让班里的战友开始对我另眼相看，似乎我真的有潜力、有前途。初入警营的我对胡日查班长充满了依赖，他是我离开父母羽翼远走他乡，唯一可以依赖的亲人；他是我初来乍到、在特殊的陌生环境中，可以用心去交结的战友。

　　在班长的鼓励和鞭策下，我用紧张训练的闲暇之余，在新兵班里的大通铺上，写了篇散文《走进军旅》，发表在当时的《山西武警报》上。此文使我在新训大队声名鹊起，成了人人皆知的"小秀才"。不服输、不低头的我暗攒一股劲，重新点燃了训练激情，给自己定目标、施压力，力争做班长一样的军营骄子。我暗暗给自己加油，给自己鼓劲，用精神鼓舞着斗志，用意志磨炼着肉体。面对失败，不气馁；面对困难，不胆怯。我似乎蜕变成了另一个人，坚持、向前，永不言败。是苦，是累，其实最辛苦的还是新兵班长，喊口令、教科目、做示范、纠动作，每天身疲力惫、嗓子嘶哑。面对一群年龄相仿的社会青年，新兵班长的角色就是老师，就是兄长！我当班长后，才真切感悟到担当的是部队一茬又一茬薪火相传的责任，这份责任重如泰山。

　　青春萌动的新训生活在摸爬滚打中结束了。下部队后不久，我调入大队部当了文书，离开了胡日查班长。到了年底，班长走完了他的军旅生涯，脱下他心爱的军装返回呼市。我去太原火车站送他的时候,一见面我就哭了。原以为班长早已教会了我坚强,可在他面前,我还如孩子一样,点点热泪不停地滑落,原本想好的一堆祝福的话,我却哽咽着一句都没说出口。临行前,班长把他写的带兵心得的工作笔记本送给了我,告诉我说:"好好干!你会有出息的。这笔记本也许对你将来有用。"这本笔记本记录着班长在部队的成长和追求,凝聚着一个普通士兵的血汗和智慧,更饱含着班长对我的厚爱和期望。可惜,这笔记本在我就读军校的时候,其他战友争相传阅,不慎丢失了。

　　似水流年,岁月无痕。二十二年部队生活的洗礼,当年刚出校门的农村孩子从班长的新兵到新兵的班长,如今,稚嫩的双肩扛上了熠熠生辉的中校警衔,成为武警部队的一名支队领导。但想起我的新兵班长胡日查,我的内心都会涌起一股暖流。从军的道路上,他不是陪我最长的,但给予了我生命中一段精彩的回味。在我初入警营的日子里,在我最需要帮助的岁月中,他教给我一份坚强、自信、勇敢和成熟,为我支撑起了一片绿色梦想,让我在枯燥的精神家园里开辟出一片小小绿地,有所思、有所梦,终有所成。

　　给我的新兵班长胡日查敬礼!

原载《黄河晨报》(2011年12月)

想吃红烧肉

红烧肉是民间菜肴，肥而不腻，瘦而不柴，色泽艳丽，味美醇香。我爱吃肉食，更爱吃红烧肉。

当新兵初到部队，一场罕见的大雪封了山路，给养一时供应不上，部队只好吃库存的土豆、粉条、大白菜。几天不见肉腥，我连做梦都在炖红烧肉，梦醒，只闻余香飘在，不见美味佳肴的红烧肉，于是眼泪汪汪，涕泪滂沱。给父母写信，我想吃红烧肉。

我的口福很好，寿祥叔叔在山西部队转业后，因工作需要，到扬州市人民政府驻山西办事处工作，又回到了太原。叔叔疼我心切，一个假日将我从部队接到办事处。知我爱吃红烧肉，特意安排做淮扬菜的厨师加上这道菜。那是我当兵离别家乡后，第一次吃到故乡特色的红烧肉。色、香、味俱全的红烧肉端上桌，我垂涎三尺，狼吞虎咽，尽情享用，连盘子也被舔净，吃得惊心动魄、酣畅淋漓。至今想来，余味犹存。

这几年部队改善伙食，增强营养，天天吃肉也不是稀罕事了。我腰围渐宽、肚皮渐圆。当新兵时还瘦小羸弱的我现在已是虎背熊腰、五大三粗。偶回故土，乡邻则用陌生的眼光看着我，妻私下也戏称我"肉肉"。朋友三天不见，拍打着我的肩膀，说的第一句话便是：

"你小子又胖了。"于是吃肉时,多了几许忐忑、几许不安,唯恐肥胖症不期而至。但一见香味扑鼻的红烧肉,又怦然心动,挪不动步子。索性举起筷子,放开胃口,美美饱餐一顿,过上一把"肉瘾"。

数日前,儿时的一位同学携妻来山西旅游。他乡遇故知,老朋友相见感慨唏嘘。其妻不仅善良贤惠,更有一手烹调好厨艺。知我爱吃红烧肉,故"投我所好",炖了数次家乡风味的红烧肉。我忘乎所以,放嘴大吃,大快朵颐。数顿以后,感觉红烧肉不香了,吃肉的欲望也不强烈了。看了看从小一起长大的老同学,恍然悟出,时光荏苒,岁月蹉跎,我已不是血性方刚的年龄,不是挥霍青春的季节了。

岁月不居,青春不在,红烧肉尽管好吃,但不能像青春年少那般贪婪。懂得生活,珍惜自我吧!

原载《山西法制报》(1999年8月)

雁门关随想

"三边要冲无对地,九塞尊崇第一关"。天下九关,雁门为首。风云激荡的雁门关自古就是边防戍守要地,是兵家必争的古战场,历代王朝曾在此演绎了一幕幕威武雄壮、荡气回肠的历史战争画卷。

知道雁门关,是儿时听刘兰芳老师讲评书《杨家将》,说杨门忠烈跃马驰骋镇守雁门,寡妇承父志,血溅石榴裙。雁门关这个抽象的地理符号便与我心中的英雄情结紧密相连在一起。

十九年前穿上军装,我服役来到山西,更是无限向往一睹古关险隘的雄姿。期盼多年,夙愿未了。数次驱车去大同和张家口,途经闻名遐迩的雁门关,却无缘登上千年古关隘。大运高速在雁门关下,打通了长5650多米的隧道,昔日的雄关险隘变成了坦荡通途,车辆已无须行走盘山古道。但每次行驶到雁门半山腰,我都停下车来,驻足回眸凝思,寻找一下历史的印痕,感受一下古战场的气息。

斜阳西下,苍山如海。伫立在雁门山中,遥望苍茫群山,万里萧条,千年古战场只留下断壁残垣,烽火台错落有致地伫立在夯土轮廓的土长城间。秋风瑟瑟,树木凋谢枯萎,落叶缤纷飞扬,衰败景象满目凄凉。

注视着这些经千年烽火和风雨洗蚀的古城垛,心中涌动起一种久违了的感动。雁门关上吹刮着强劲的北风，挟带着远古的羌笛声隐隐而来，缥缈而沉重，我仿佛感觉到了那萧萧悲鸣的战马，那簇簇奔腾的狼烟。两千年前、一千年前、数百年前的今天，我脚下的这片土地或许旌旗蔽日鼓角争鸣，战车辚辚铁流滚滚，几万、十万、数十万大军披甲持矛，杀声震天冲向敌阵，金戈铁马气吞万里如虎，刀光剑影处，碧血染黄沙。雁门关外的漫野平沙，干戈遍地，血流成河，白骨蔽野。刀与枪的碰撞，迸溅的是那生命的鲜红。

雁门关，是一处马蹄耕耘、刀剑收获的土地。雄关漫道、长城万里。"古来征战几人回"，出征将士离乡痛别，了无归期。悲壮苍凉的雁门关，我想应该是用将士的白骨垒成的，是用流离失所的孤儿寡母的眼泪凝成的。血染的雁门啊，慷慨悲壮的背后有多少灵魂在无声地哭泣！

战争让女人走开，却又让女人去制止和推延战争。雄关雁门铁马烽烟，本是重兵厚武之地，是男人用血性书写的刚烈关隘。一介弱女子昭君，一行前呼后拥，浩浩荡荡地出了雁门关的关门，又蕴含了些许江南流水般清扬婉丽的闺怨。在走上古战场的漫漫黄沙路时，有胆有识的昭君在凌乱的琵琶声中，一定会频频回望渐行渐远的雁门关塞。"冰河牵马渡，雪路抱鞍行。胡风入骨冷，夜月照心明"。写出了昭君出塞的风雨霜雪之苦、难舍故国故土之情。昭君出塞和亲，忍辱负重，换来了"遥城晏闭，牛马布野，三世无犬吠之警，黎庶无干戈之役"的汉匈休兵和边境安宁。坚固的雁门关抵挡不住匈奴的铁蹄，以一个女子的交换为代价，得来片刻安宁。国君在哪？将相在哪？男儿大丈夫又在哪呢？

擂动的战鼓销声匿迹，看不到刀光剑影，闻不到战火硝烟。昔日的烽火早已化作高天的流云，战时的狼烟弥散于历史的苍茫中。雁门关楼横塞，斜月孤伶，再也没有铁蹄践踏兵戎相见，远古的战场已是百姓永久安居乐业的家园。

我是一个军人，扬马挥戈血染疆场，马革裹尸埋骨桑梓，军人就是为战争而生、为战争而存的。但和平的鸽哨飞越我青春晴朗的上空，在没有战事纷争、没有炮火硝烟的岁月里，和平，是给天下军人一枚最好的勋章！

我愿用落寞孤寂眺望理想，守卫和平。

原载《五龙学苑》（2009年4月）

有"信"的日子

故乡高邮,秦时筑高台、置邮亭,故名秦邮。

高邮南门大街的南端是全国重点文物保护单位——盂城驿,是始建于明朝洪武年间的中国邮驿"活化石",也是京杭大运河畔的重要世界文化遗产。走进盂城驿,仿佛听到飞扬驿道马蹄声碎,悠远而长。那是一封家书的念诵,也是饱沾情思的回响,给人一份温暖的眷恋和感动。

20世纪七八十年代的农村,也都有一个骑着绿色单车,穿着绿色制服的邮递员,穿梭往返于乡村送报传信。白色或是牛皮纸色的薄薄信封,上面贴着邮票,里面夹着信。一封书信包罗着几分神秘,承载着几多牵挂,蕴含着几许哀愁。奶奶收到客居上海的大伯按时寄回的养老钱,总要回信大伯。我虽然小,却清晰记得奶奶每次回信的开头:吾儿,见字如面。也许,这些算是我对初识书信的印记吧!

大概是我十岁那年夏天吧!远房的五舅高中毕业,从上海回到乡下小住,并和我同床而眠。从繁华大都市来的五舅,讲了许多我未曾见到的事儿,说了一些我未曾听到过的道理,豁人耳目,让在消息闭塞乡村长大的我,增长了见识见解。五舅回沪后,我怅然若失。母亲告诉我,有什么话想对五舅说的,可以写信给五舅。母亲教给我书信的书写方法和格式，我用作业本的纸张，歪歪扭扭地写了人生中的第一封信，虽是词难达意，却寄出了一个少年儿童的仰赖和惦记……

写信最多，也特别渴盼收到信件，是我当兵入伍初到部队的那个时期。新兵信多，老兵病多，这是部队真实情况的写照。新兵训练紧张，自由支配时间少，每逢周日休息就趴在大通铺上，铺开信纸，手握钢笔遣词造句，将来到部队成长的点滴，驻地的黄土高原的风情习俗，心中的思念、牵挂，倾诉给远方的亲人、朋友和同学。粘好信封，一溜小跑到队部，将信郑重地交给队部的通讯员，看着通讯员在信封上盖上免费的三角戳记（免费戳印为红色，戳内上部镌一五角星，内为"八一""义务兵免费信件"字样列下部，与下边线平行），才放心踏实地离开。接下来的日子，就是在训练间隙，数着指头，翘首期盼着回信。

部队从训练场收操，通讯员习惯捧着一大沓信在营房门口，等部队解散，把信交给各排的值班班长。当收到自己的千里之外的信件时，那是莫大的惊喜和幸福，也是对初次久远离家的莫大的慰藉，那一封封书信为新兵的我插上了寻梦的翅膀，点燃了青春的火焰，度过了艰苦而又平淡的岁月。

我的干爸是我读小学时的校长，其老父亲在柘垛镇上刻了一辈子的印章，远近有名。我上军校的第一个假期，回到故乡，老人为我刻了一枚水牛角材质的篆章，我保存至今。读军校的日子，与亲友通信，我设计打印了写有"丁鹤军专用信笺"字样的竖式信纸，用钢笔弯尖美工笔书写，信末签名处加盖上顾爷爷刻印的篆章。一封信件如同一件艺术品，美观大方，贯通流畅，我很是得意。

如今，高科技的飞速发展，手机和电脑的普及使用，书信联络少人问津，书信被遗忘在角落。打个电话，发个信息，聊个微信，甚至面对面视频一下，远隔重洋，却是瞬息千里。

打电话，说微信，聊视频，简单方便，快捷高效，总感觉有所缺失。过去笔落纸笺的倾诉，黏糊信口的谨慎，张贴邮票的郑重，投入邮筒的释然，等待回信的焦灼，拆封书信的激动，阅读来信的温馨，厚重的情感和细腻的情怀已遥远成历史。书信，曾经岁月里的美丽使者，已是踪影难觅，淡出人们的视线。

鸿雁传书，鱼传尺素，一纸红笺寄情思。什么时候，静下心来，铺开洁白的信笺，对你的牵挂和思念全部在一封长长的书信里……

原载《高邮日报》（2020年9月）

再唱军歌

2014年初秋，我脱下橄榄绿戎装，到了省直某机关单位上班。不惑之年，中途转身，面对再次启航的新征程，面对人地两疏的新环境，我有些迷茫困惑，疲惫苍凉。

机关党工部杨林部长也是部队转业的团职干部。我当兵入伍那年，杨部长已是兄弟部队机动大队的教导员。与我素不相识、未曾谋面的杨部长得知我是从娘家部队转业回来的干部，慷慨相邀，为我摆宴接风。借着三巡酒兴，杨部长兴致盎然地唱起改了词的军歌：说句心里话我也想家，家中的好兄弟一辈子也难忘。说句实在话我也有情，嘹亮的那个军歌把我来激励。来来来……军装已脱去，来来来……本色不能丢！军歌咏志，军歌寄情，我的心中立刻涌起一份热血和激动，铿锵的军歌涤荡心灵、激发斗志。那一刻，我倍增男儿奋力开拓新天地的豪迈情怀。

在年少读书求学的20世纪80年代，流行歌曲在社会上刚刚开始萌芽，一首饱含深情的《血染的风采》，唱出了军人的博大情怀和高尚人格，红透了大江南北，风靡了大街小巷。尽管我五音不全，唱歌跑调，平时也不爱唱歌，但因为这首歌曲的感染和感动，我也能小声哼唱几句：也许我的眼睛再不能睁开，你是否理解我沉默的情怀？也许我长眠再不能醒来,你是否相信我化作了山脉?从此,少年的我对军旅充满了憧憬和向往,对军歌充满了痴迷和陶醉。

参军入伍,初到警营的一个晚上,我们几个新兵端端正正地坐在小马扎上,工工整整地在笔记本上抄下歌词,班长胡日查教我们学唱《当兵的历史》:十八岁十八岁我参军到部队,红红的领花映着我开花的年岁,虽然没戴上呀大学校徽,我为我的选择高呼万岁。这是我当兵入伍学唱的第一首军歌,踩着这首歌的轻松旋律,我坚定了从军报国的信念,踏上了自己的军旅人生路……

在部队,军歌是特色、是风景,军歌滋润了军人的生活,也塑造了军人的人生。开饭要唱歌,走队列要唱歌,开会要唱歌,大型的集会和活动更要拉歌、赛歌。火热的军营里,当兵的人与军歌有着不解之缘,人人唱军歌,处处是歌声。军歌嘹亮,气势恢宏,鼓舞士气,凝聚力量,激励斗志,展示军威。部队集会的时候,兄弟部队相聚一起,总要进行拉歌比赛,较量气势和作风。那歌声,那呼声,山崩海啸,地动天摇,让每个当过兵的人无论在何时,无论在何地,回忆起来都感到热血沸腾、心潮澎湃。嘹亮的军歌,比的是嗓音,比的是声势,更比的是作风!冲破天空,响彻云霄。你方唱过我登场,我唱结束你跟上,军歌声中添军威,一首更比一首强。军歌唱出了军人的美丽,军歌唱出了军人的赤诚,军歌更唱出了军人进取向上的优良风貌。

五龙柳、五龙柳、昔日青春可在否?太原南30千米的五龙沟是武警太原指挥学院驻地,柳树青青,和风习习。

1993年8月,在苍翠的五龙柳下,我们新入学的学员集体组织了第一个活动,就是文化教研室的张建国教员教唱"太指"(武警太原指挥学院)校歌:双塔昂首刺破云天,那是卫士手中的利剑,太行丰碑巍峨壮观,铭刻着我们的钢铁誓言。张教员入伍时,与著名军旅歌唱家阎维文是同一个文工团的战友,声色真不输于阎维文。音乐底蕴深厚,吹拉弹唱样样精通，人也诙谐幽默，唱歌时声情并茂，表情丰富，大家都喜欢他的课。学院培养综合型人才，开辟了第二课堂，要求学员"能上战场，能进乐堂"。不仅会唱歌，而且能教唱、能指挥。钢枪与歌声的碰撞，历史与梦想的诉说，每一个"太指人"就是踩着校歌的足音，走向训练场，走向基层部队，走向祖国四面八方建功立业。五龙沟里嘹亮的军歌点燃了激情岁月，那就是我们的芳华。

时间冷血，唯人情笃。军旅只是人生中的匆匆驿站，虽然脱下军装，但当熟悉的曲调在耳边响起，总想再把军歌唱，那是军人难以割舍的情结，是生命中青春的回响，是军人的阳刚与柔情铸造的旋律，是军人用雄风铁骨敲击出来的节奏。

军歌，指引前行，在当兵人的生命里永远嘹亮！

原载"军旅原创文学"（2019年1月）

自留地里醉流年

"大集体"的时候，农村土地归集体所有，种栽什么都由生产队统一安排。但有一块称之为"自留地"的地，是根据家庭人口划分面积，由各户按需自主耕种。

村民把自留地视若命根，都把自留地当作菜地种植。在分到的自留地上用木棍、柳条、芦柴棒、葵花秆编织菜地的柴扉，以区分界限。依循时令和节气，种上蔬菜瓜果等农副产品。自留地是村民改善生活和丰富餐桌的"菜篮子"。

父亲闲不住，格外关注家中的自留地。有了空隙时间，他就在自留地上精心打理，把地翻挖平整，担上茅粪，浇地做肥，依照蔬菜瓜果的生长季节，播撒种子，栽下秧苗。自留地虽小，栽植品种却多。一年四季，我家的自留地绿意葱茏，生机盎然，在父亲勤劳粗糙的双手上生长出各种新鲜的蔬菜瓜果。

清明前后，布谷鸟啁啾，春天的和煦阳光照着大地。这个季节是栽种蔬菜瓜果的繁忙季节，幼小的我跟在父亲身后，帮助除草、松土、浇水、打杈。刚栽下的秧苗，太阳一晒，耷拉着脑袋蔫蔫的，傍晚放学后，我提着一只小木桶，到小河里打上水，一行行、一棵棵地浇。几天后，秧苗已是亭亭玉立、青枝绿叶。自留地离家近，也成了小伙伴们聚集玩耍的场所。蜜蜂嗡嗡成群，蝴蝶翩翩起舞，牵牛花攀附着篱笆开出五颜六彩的花。踩着松软的泥土，看着茁壮的秧苗，嗅着自留地里弥漫的蔬菜清香，让人陶醉其中，感悟着"一分耕耘、一分收获"的道理，也体会到父母田间劳作的艰辛。

到了夏季，自留地的蔬菜瓜果长势旺盛。金色的向日葵，酱紫色的茄子，红彤彤的西红柿，细长的豇豆，肥壮的冬瓜，姹紫嫣红，果实累累，形成一幅浓墨重彩的田园风光图。晨起梦醒，母亲叮嘱我趁着早太阳，田头有露水，赶紧去自留地割菜摘瓜。

在太原的一家高档酒店，显示屏上赫然醒目地打着广告：特供扬州小韭菜。其实，老家的自留地里必种的农产品就是韭菜，韭菜的生命力特别顽强，割一茬、长一茬，生生不息，碧绿无穷。色泽鲜嫩的韭菜炒鸡蛋是家常菜，青滴滴的韭菜配着黄灿灿的鸡蛋，炒上一盘，让人垂涎欲滴、清香可口。

收获的蔬菜瓜果多了，家里吃不了，自然地送给左邻右舍尝鲜。淳朴的农民，收获的不仅是蔬菜瓜果，更注重温馨人情的收获。外婆在村里临街居住，父母也会将新鲜的蔬菜瓜果托外婆代卖，挣的钱虽然不多，但也能换一支棒冰，买一支铅笔，收一份喜眉笑眼的好心情。

也许是"农根难尽"，出生农村，在泥土上光着脚长大的农村孩子，对土地一定有一份依恋、一份特殊情感。若干年后，我退休的生活，就选择回归乡野，那时——

走进菜地，脚踏泥土躬身耕作，经营侍弄一块属于自己心灵上的"自留地"，种一份希望、收获一份心境，喜看蔬菜生长、瓜果收获，坐看花开花落、云卷云舒。

原载"高邮网"（2017年6月）

纵是平淡亦英雄

孩提时代，我最喜欢看战斗片。

每当看到影片中我军司号员拿起小号，吹出激越高昂的冲锋曲，指战员喊着"冲啊……"的口号冲向敌人时，我就会被战士们那种所向披靡、势不可当的英雄气概深深感染。那是军人内心深处最原始的呐喊，那是军人灵魂深处最原始的咆哮。梦里依稀，似乎我也置身战场，鼓角争鸣、气吞万里如虎。

童年的军人梦想在一点点生长，伴着我一天天长大。背负起男儿满腔的热忱和一肩的重任，以纯真的心灵、渴求的目光走进这片神圣的热土，十八岁的花季悄然绽放在黄土高原上的军营里。时光荏苒，岁月的年轮已悄然划过那段青春飞扬、意气风发的日子，但影片中的一幕幕冲锋的画面仍在我脑海中不断地闪现，因灵魂深处的英雄情结而把酒仗剑、气吞山河。

蓦然回首，戎马倥偬，匆匆二十年军旅路，平凡无声，默然无痕。和平飞鸽垂绿橄榄，天下大势，国泰民安。我无缘风云激荡的战争，不能在战争中亲历血与火的洗礼，去追逐军人的英雄梦想。没有金戈铁马，没有战火硝烟，但军人的奉献岂止在流血疆场，岂止在千钧一发的生死关头。在安居乐业的和平年代，艰苦的军事生活，繁重的执勤任务，我也难尽子女之孝，难享天伦之乐，难负顾家之责，自己的亲人与家庭不也是承受着更多常人难以体验的负担和痛苦。牺牲一人得安天下，是军人用青春乃至一生书写的最大追求，更是军人闪闪发亮的精神境界！

炮火硝烟中的军人是英雄，和平时期的军人更是在单调枯燥的军营生活中枪挑冷月，升华理想。

头顶边关月，情系天下安。在千里冰封的北方、春暖花开的南国，在荒无人烟的大漠、空气稀薄的高原、鸟兽罕至的深山，军人与野兽为伴，与山鸟为邻，常饮孤独当美酒，总把思念作安宁。一身军装赋予了特殊的使命和追求。在祖国和人民需要的地方，挺立起庄严又肃穆、孤独而美丽的身躯，无怨无悔，把一腔挚爱无私地奉献给祖国，把一片真情无私地奉献给普天之下的千家万家。在平淡的日子里，在平静的生活中，在平凡的哨位上，坚守信念、枕戈待旦，数十年如一日，把辛勤的汗水默默挥洒，把如火的青春静静燃烧。平淡最真，平淡最美，平淡亦显沧海横流、英雄本色，在平淡中，军人用赤诚和忠心谱写出了一篇篇壮丽的人生华章。

操场外面的市场纸醉金迷、物欲横流，岗楼对面的酒楼灯红酒绿、声色犬马。我心依旧，信念不衰，步履铿锵，依然热血满腔，誓言无悔，守望自己的精神家园，涤荡灵魂，意守平淡。不企望流芳溢彩，不奢求艳冶夺人，只求仰不愧于天，俯不怍于地。

无论是过去、现在，还是将来，依然在别样美丽的风景线上点缀永恒的橄榄绿；在猎猎迎风的八一军旗下，谱写卫士忠诚的赞歌；在和平与发展的社会大潮之中，在鲜花与掌声的浮华背后，以真实的平淡诠释军人的英雄梦想。

原载《五龙学苑》（2008年9月）

人生若只如初见

秋来，夏去。

一抹红尘渲染着浓浓的秋色，一季秋深流年着苍白的时光。习惯了独自一人在阳台的小茶桌倚窗而坐，煮一壶茶，焚一炷香，在氤氲的茶香里，缠绕的香雾中，感受这一份清幽与闲愁。俯首窗外，楼下的小区园林草木已是秋韵染霜，斑斓一片，在萧瑟的秋风中摇曳，落尽繁华，无梦无痕。我莫名感慨，不知何由，空荡荡的心中，想起某些人、一些事，以及同那些人携手走过的日子。

"人生若只如初见，何事秋风悲画扇？"我很喜欢，也很欣赏纳兰性德的这句词。人在旅途，天涯路长，在不同的生命轨迹上，在不同经历的心魂深处，会遇见很多的人，遇到许多的事，有我想要靠近的人，也有想要靠近我的人。滚滚红尘相遇、相识、相知。有些人是匆匆过客，短暂停留，就此别过，消散在岁月的长河里无影无踪；而有些人，在十字路口与你告别，却在下一个十字路口转身再度与你相见，从此山迢水阔，路是一程，人也一程。

我与沈君，曾是推心置腹的知己之交，情如手足。我从部队转业地方工作后，逐渐与他少有联系。一个周末，朋友邀小聚，没有想到沈君也至。过去很熟悉的朋友，无话不谈，今天近坐对面，却无话可谈，如此遥远，如此陌生。没有相隔唐宋的风雨，没有插播时空的错觉，但这份隔阂和失望、隔膜和失意，让人相对无言，酸楚灰心，那个一起分享心事的朋友，在匆匆的岁月里走散；浓醇的感情，在时光的侵染下慢慢变淡。曲终，人散，酒冷，茶凉，落寞的心中留下的就是那人生若只如初见的叹息了。

人生若只如初见，是否可以定格所有的美好？那种回忆，那种淡然，那种真诚，弥漫在生命之中，那该多好！可茫茫人海，能有多少人驻留心中；芸芸众生，又有多少情风雨同行。穿行于阡陌烟雨之中，相交相往难免有误会、有费解、有猜测，甚至是冷落和疏离。最初的期许，终是逃不过现实的迎头一棒，注定的情至末路、结局无奈，蓦然回首时，已物是人非，沧海桑田。

一切停留在最初的画面，何来恩怨。不是无情，亦非薄幸。每个人生长环境的差异，人生阅历的不同，接受教育的高低，一路相伴的朋友，也许一件小事，有了误会；也许观念不同，多了矛盾，渐行渐远。不用刻意走得亲近，也不用刻意去疏离。靠得近，容易受到伤害；离得远，容易淡远情感。用宽厚和干净的情怀，淡然相处，默然相惜。人生苦短，不因无谓的事浪费精力，不为不值得的人虚度光阴，在岁月的更迭中保持真心和真情，以理解与宽容为度，诚实和守望为心，生命中无须过多的陪伴，需要的其实是心与心的懂得。

人生若只如初见，这是美好的向往，善良的愿望。物已逝、人已非、我已变。且愿岁月老去，回忆年华点点，依然有一份最初的美好温暖岁月，有一份淡淡的温情在心头荡漾，心素如简，若素如初……

人生若只如初见，当时只道是寻常！

原载《山西日报》（2001年1月）

清风明月本无价

灯下夜读，偶然在一本杂志中读到"盈两袖清风拂尘，揽一轮明月入怀"一语，怦然心动。语句清雅，言简意赅，寓意深远，感悟的是身处喧嚣尘世的一份从容和一份淡然。

"一肩挑明月，两袖清风去"的人生境界，是文明和美德的传承，是品行与节操的追求，已铸化成一种伦理文化，在不同的时代中熠熠生辉。徜徉亘古，卷卷青史。即便是在封建社会那混浊的官场中，出淤泥不染、严于律己的清官廉吏也不胜枚举：看得到"斯是陋室，惟吾德馨"的淡泊情怀，斗居的陋室有胸怀天下的人生，心空澄明，万物释然；听得到"一蓑烟雨任平生，也无风雨也无晴"的吟咏长啸，竹杖芒鞋，人生沉浮，胜败两忘；闻得到"采菊东篱下，悠然见南山"的幽幽暗香，菊花绽放在南山下，夕阳余晖，飞鸟归去，点缀出恬淡与悠然。前辈先贤用淡泊明志、宁静致远的心境，静以修身，俭以养德。始终恪守"不贪为宝"的人生信条，耐得住清贫，守得住寂寞，挡得住诱惑，清清白白为人，干干净净做事，矗立起了真正的人生坐标，千百年来一直在民间褒扬和传颂，名垂千古，百世流芳，影响着一代又一代的后人。

一心为公自会宠辱不惊，两袖清风始能正气凛然。我与家属恋爱期间，拜访她的大伯，也是我唯一的一次见过大伯。大伯是个十几岁就参军入伍的娃娃兵，参加过淮海战役、渡江战役、西南剿匪、抗美援朝。在朝鲜战场负伤后，安置在太原小井峪粮站担任站长，也将全家老小从昔阳农村接到太原生活。大伯坚守宁可自己吃亏，也要让良知安放的做人态度和行为准则，清风长扬，香远溢清。三年困难时期，一家人饿得身体浮肿，在垃圾堆里刨食，捡烂菜叶充饥。然而，大伯手里攥着粮站仓库的钥匙，却没有往家里拿过一粒米、一颗粮。无奈之下，为了糊口生存，免于饿死，一家老小只得重返农村。家属的家族是个大家庭，人丁兴旺，但参军从戎的不多，大伯见我一身军装，自是格外亲切，仅是一面，谆谆告诫我：是个带兵的人，一定要爱兵，关心兵，千万不能伸手拿战士的东西。

亲所好，力为具；亲所恶，谨为去；身有伤，贻亲忧；德有伤，贻亲羞。只因有大伯这样前辈的言传身教，对家人产生了潜移默化的影响，让我也从善如流，诚信为人，坚定而自信地行走在自己的人生路上。

滔滔的黄河奔涌不息，滚滚的车轮辗转向前。社会纷繁，时代飞跃，横流的物欲冲淡了一些人对美丑善恶的判断和比较。百舸争渡，千帆竞发。大江东流去，淘尽多少英雄豪杰。在金钱物欲的诱惑下，在形形色色的"潜规则"里，总是有那么些人腐化堕落、蜕化变质，落得身败名裂、千夫所指。"鱼为诱饵吞钩，鸟为秕谷落网"。

我相识多年的朋友，工作中的才干、能力、魄力是公认的，经过奋斗打拼，主政一方，却迷失自我，放任名利的追逐。不久前，我们还曾斟酌小饮，闲话人生。仅过一月之余，惊闻他东窗事发，巅峰跌落。贪一时享受，毁半生幸福，曾经家族的荣光、父母的希冀、妻儿的依靠轰然倒塌，灰飞烟灭，不仅断送了自己的锦绣前程，更有亲人婆娑的泪眼和茫然的眼神。让人如之奈何、情何以堪；让人扼腕叹息、唏嘘不已……

　　心若不动，风又奈何！"以心制欲"，把功名利禄看得轻一些，把事业追求看得重一些；把权力、金钱、美色看得轻一些，把修身、养德、品行看得重一些。内心宁静才能戒骄戒躁，内心淡泊才能含英咀华，内心开阔才能高瞻远瞩。

　　清风拂尘，明月入怀，坚守贞操信仰，坚守精神家园，以一颗平常心去看待喧嚣尘世，不为所扰。静守本心，恬静自我，安然地前行在人生路上。在生命的长河里洗尽铅华，过尽千帆，赏遍风景，让铮铮风骨长存于天地间！

绍兴二记

我对水乡绍兴心仪已久，从鲁迅笔下的三味书屋、百草园到多情浪漫的沈园，是我多年渴慕向往的地方。2019年夏日，儿子高考金榜题名后，终于成行。

鲁迅故里记

读《鲁迅全集》，是从绍兴鲁迅故里游历回来后，开始阅读浏览的。这一年多的时间，隔三岔五、时断时续地粗读慢看，到了今天刚刚囫囵吞枣地读了一遍。

2019年盛夏时节，我们刚到杭州，在绍兴柯桥做生意的表弟顾军匆匆赶来会面，执意安排我们去绍兴游玩。四舅和舅妈也在柯桥生活，到了浙江，当然要拜望他们。去绍兴还有一个更大的诱惑，绍兴人杰地灵，诞生过一代文学巨匠——鲁迅先生。在杭州短暂留住一宿后，按照表弟的意愿，调整日程安排，第二日晨起，先随同他前往绍兴，重温课本上的故事，零距离感受绍兴这座江南水乡，寻觅文化巨人成长的足迹。

按手机导航的提示，车直接停到鲁迅故里的车场。打开车门，热浪扑面。我亢奋依然，顶着骄阳，游览鲁迅祖居、三味书屋和鲁迅故居，品味鲁迅笔下的越地民俗风情。

一堵镌刻有"鲁迅故里"四个大字的巨幅浮雕的花岗岩景墙，生动、形象地勾画出水乡风情，浮雕的另一半是鲁迅先生的头像。先生表情自然，仪态从容，头上直竖着寸把长的头发，隶体"一"字的胡须，手中的香烟正一缕缕地轻轻飘散，深邃的目光流露着"横眉冷对千夫指，俯首甘为孺子牛"的铮铮气节。

在导游的引导下，我们先参观了鲁迅祖居，也称周家老台门，鲁迅祖辈世居之地。典型的绍兴建筑风格，粉墙黛瓦，砖木结构。左右两侧均建有对称的侧厢房，与厅堂相连。醒目的横匾，堂前的对联，精湛的花灯，素雅的瓷器，雕花的桌椅，镂空的窗棂，古旧物件上留刻着时光的划痕……大院布局严谨，古朴精巧，彰显出鲁迅祖上的殷实家境。

鲁迅出生在这富足的书香门第、官宦之家，是很幸运的，虽然衰落，但也启蒙于当时绍兴城里最有名气的私塾，攻诗读文，成就了一代文豪巨匠、民族脊梁，为世人留下了一笔珍贵的文化瑰宝。

因为那篇著名的散文《从百草园到三味书屋》，今天实地游览，则让人怦然心动。

三味书屋，是鲁迅老师寿镜吾先生家的房子。与鲁迅祖居隔河偏对，百步之外，石桥相通。古老的屋宇檐角，层叠错落，别有景致。推开檀香木窗，江南独特的含蓄和韵味弥散而来。鲁迅在三味书屋读书时见到的梅花树依然屹立在后院的东北角，树龄已经超过一百年，枝繁叶茂，青翠欲滴，守望着空寂落寞的三味书屋、点缀着苍老远逝的光阴，只是不见当年苦中作乐的折蜡梅花的迅哥儿。

书房正中悬挂着"三味书屋"匾额，导游问我，可知晓是哪三味，我孤陋寡闻，答非所问：读经味如稻粱，读史味如肴馔，读诸子百家味如醯醢，三种体验合称"三味"。导游纠正说：寿镜吾先生把三味书屋的办学方向也作为学子的人生指南，甘于"布衣暖，菜根香，诗书滋味长"，就是"三味书屋"的真实含义。"三味"意境更高一层，更具家国情怀。

旧时的桌椅依然还在，只是油漆斑驳。鲁迅的座位在三味书屋的东北角，使用的是一张硬木书桌。那个刻着"早"字的课桌，已是很有价值的文物，被栅栏围挡起来，看不清楚上面的"早"字。但这个"早"字，已深深地刻印在莘莘学子的心中，成为一盏明亮的航灯，激励后人时时早，事事早，求知上进，勤勉苦读。

百草园在鲁迅故居里，也就是周家新台门。站在"鲁迅故居"四个鎏金大字下，心生敬仰。周家新台门轩窗掩映，庄重大气。在周家厨房，我看到原始的柴火灶台和硕大的水缸，一种从未有过的亲切漫过心头。鲁迅第一次见到闰土，正是在此。那个带着银项圈的少年，至今叫人难忘。穿过迂回的走廊，来到了百草园。百草园是鲁迅儿时的快乐天堂，先生的如椽之笔赋予了百草园诗一般的意境和烂漫的童趣。看着眼前的一片勃勃生机，似曾相识，全无半点生疏之感，不禁会心一笑，想起中学课文里的："不必说碧绿的菜畦，光滑的石井栏，高大的皂荚树，紫红的桑葚……单是周围的短短的泥墙根一带，就有无限趣味。"这是老师要求背诵的，一直烂熟于心。其实，那时候除了记住一点课文中的好词好句外，就是很认真地去读，也是晦涩难懂不解其意。老师费力再三解读，都是一知半解懵懵懂懂的。狭隘的知识面与稚嫩的心灵，注定是难以走进先生的世界、读懂鲁迅的。

告别导游，时近中午。咸亨酒店久负盛名，来到此地，必定要尝尝地道的绍兴风味。一打问，距离咸亨酒店有500余米，酷热难当，妻儿叫苦，只得心留遗憾，就近选择一家小店，点一碟茴香豆，要一份臭豆腐。

窄窄的光滑的青石板上，先生似乎从百草园的嬉戏的童趣中走来,从三味书屋朗朗的拖着长腔的读书声中走来,从19世纪末的苍凉的荒芜中走来,这是思想的张力、文化的活力,先生的作品依然会影响和改变一代又一代的后人。

鲁迅永远活在人们心中!

沈园记

电脑屏保的界面上跳跃出一行字:"伤心桥下春波绿,曾是惊鸿照影来。"让我又想到了沈园。

儿时,家里张贴的年画,有一幅四屏扇的戏剧年画《钗头凤》,那时候,我就知道了沈园,知道了一堵围墙、两阕清词,知道了诗人陆游和表妹唐婉之间缠绵悱恻的恋情,哀婉凄凉的婚姻。

从鲁迅故里的码头乘坐乌篷船,船橹轻摇,水声汩汩,扁舟咿呀。枕河人家,柔橹一声,穿桥过洞,听着摇橹声的吱吱呀呀,随着乌篷船的摇摇晃晃,片刻间就到了沈园的停泊码头,两个景点的距离其实是很近的。

沈园是绍兴保存至今的唯一宋式园林,包括古迹区、东苑和南苑三处相对独立、各具特色的园林。园内花木扶疏、绿意葱茏,小桥卧波,烟柳迷津。游客来到沈园,一定流连驻足在刻着陆游和唐婉词句的碑墙——沈园的一道经典风景。徜徉于沈园的断垣墙壁前,青瓦灰墙已被无情岁月淡褪了痕迹,斑斑驳驳的墙垣上题写了两阕《钗头凤》,留下了无尽的黯淡与岁月的沧桑。听着导游小姐声情并茂的解说和朗诵,我本多愁,竟是泪水潸然!不忍再看断墙上相守相望、相依相偎的两首《钗头凤》。

陆游的《钗头凤》哀婉缠绵句句血泪,"红酥手,黄縢酒,满城春色宫墙柳。东风恶,欢情薄,一怀愁绪,几年离索。错,错,错!春如日,人空瘦,泪痕红浥鲛绡透。桃花落,闲池阁,山盟虽在,锦书难托。莫,莫,莫!"其时,一个另娶,一个再嫁,两人劳燕分飞,都有了各自的新生活,只是在一次春游中不期而遇于沈园。陆游往事重忆,百感交集,饱蘸浓墨,一吐胸臆,在沈园的这堵粉壁上写下了肝肠寸断的《钗头凤》。一年后,唐婉重游沈园,看到《钗头凤》,肝胆俱裂、痛苦至极,依调和词一首:"世情薄,人情恶,雨送黄昏花易落。晓风干,泪痕残,欲笺心事,独语斜阑。难,难,难!人成各,今非昨,病魂常似千秋索。角声寒,夜阑珊,怕人寻问,咽泪装欢。瞒,瞒,瞒!"此后,唐婉心潮难平,不久抑郁而亡,含恨离开人世。世事人情如纸薄,纵然多情能如何。

孤鹤轩是沈园建筑与景观布局的中心。孤鹤之名,匠心独运。我的名字里含有个"鹤"字,走近孤鹤轩,自是有亲近感。与妻儿同游,相伴左右,没有应景的形单影孤的认同。池塘碧绿,草坪茵茵,我却依然觉得整个园内弥散着一种淡淡的哀愁。细读孤鹤轩门柱上的那副对联:"宫墙柳,一片柔情,付与东风飞白絮;六曲阑,几多绮思,频抛细雨送黄昏", 驻足良久,仔细思量,发现联中含蓄了两首《钗头凤》里的宫墙柳和雨送黄昏。与唐婉别,陆游终身一孤鹤!感叹的是一阕柔情缱绻的诗章,一首催人泪下的悲歌,遗恨满怀、一声喟叹。我用手机随手拍下数张照片,写下一番感慨和感叹,发至微信朋友圈。

小的时候,背陆游的诗:"王师北定中原日,家祭无忘告乃翁。"知道他是爱国诗人。当兵后,读陆游的诗:"楼船夜雪瓜洲渡,铁马秋风大散关。"知道他是铁血男儿。沈园又让我深深地认识了陆游。"伤心桥下春波绿,曾是惊鸿照影来", 长歌当哭,唏嘘几许,千古遗恨,情何以堪。匆匆的幽梦,陆游一梦五十年,缓步踱过伤心桥,踯躅在满地落叶中,黯然神伤,惆怅凝望着断墙柳絮,回首过往,无言述说着对唐婉不尽的哀思。陆游多次踟躅于沈园,留下的是一首首脍炙人口的千古绝唱，用一生写就了一部百世流芳、凄婉迷人的爱情传说。亘古男儿一放翁，陆游是一个独一无二、至情至性的男人。

伤心之地不久留。沈园虽充满了古风古韵的味道，质朴淡雅的气息，但也只是走马观花地看了看、转了转，在夕阳西下的余晖里，我们车回柯桥，踏上归途，去赴约四舅、舅妈备下的接风晚宴。

沈园依旧人何处，风吹雨淋，沉默千年，无语问苍天。千年的沈园里，只有千年的眷恋，千年的思念，徒留的是千年的余恨和遗憾，弥漫的只有陆游"错、错、错"的交加悔恨、唐婉"难、难、难"的无奈叹息……

不念东风恶，不思欢情薄。

原载《高邮日报》（2021年3月）

触动心灵的书写

——丁鹤军散文集《高城望断》赏读

王友明

知道丁鹤军的名字,阅读其散文作品,均缘于至交契友吴开岭的推荐。他几次给我打电话,说姨哥丁鹤军要出版一本散文集,想请我写篇评论放在书中。几次婉拒,未能成功,便答应下来。

晚上八时许,收到丁鹤军发过来的电子版书稿,急性子的我,即刻点开了链接。仅看了一眼作者简介,我就感到很是亲近,尽管我们有着二十来岁的年龄差距,却有着一样的人生经历:同为农家子弟,同有军旅生涯,同系军转干部,同是客居异乡。未读作品,心理距离便拉近了。

夜深人静,伏在台灯下,我潜心阅读起书稿来。首先映入眼帘的是山西著名作家徐建宏老师的序文,瞬间,我有一种"眼前有景道不得,崔颢题诗在上头"的胆怯,曾滋生了放弃写书评的念头。静了静心,定了定神,我觉得必须言而有信,不能辜负了好友的信任与重托。

继续阅读下去,我一发不可收拾,四天时间就把九万多字的书稿阅读完毕。全书分为三辑:背囊里的乡愁、血脉里的亲情、足迹里的凝望,共有六十二篇作品。除两三篇作品超过3000字外,其他的都是千字文。许是相同点多的缘故，在我读来，每篇作品都能引起情感的共鸣，心灵的共振。这触动心灵的书写，不外乎三种情怀：浓郁的故乡情怀、厚重的亲友情怀、深挚的家国情怀。读之，令人动容！赏之，令人感叹！

浓郁的故乡情怀。

有人说："故乡，是离家的孩子一生都挥之不去的念想。即使从梦中醒来，思乡之情依然会弥漫心房，想念的泪水会情不自禁地流淌。因为故乡是一份悠久绵长的乡愁，如一杯清茶，淡雅清香，韵味悠远；如一坛陈年的老酒，醇厚浓烈，常常令人心里泛起莫名的忧伤！"这样的感受，我有着切身的体会；这样的体认，在《高城望断》里的描写触动心灵，详尽完美。

要想知道丁鹤军的故乡情怀到底有多么浓郁，单看第一辑 "题记"和《后记》里的表述，就可以窥一斑而知全豹了。"山长水阔，纵马江湖，何处寄托乡愁？家在心里，心在疼处，游子梦回故里！" "青葱年华，参军入伍来到太原，离家远了，离家久了，难以割舍的是家乡情怀，难以忘却的是家乡景物，最想吃到的是一份家乡的汪豆腐，最想听到的是乡音乡韵。策马天涯，红尘看遍，乡情、乡愁、乡恋始终牵着游子驿动的心。"寥寥数语，把一位游子浓郁得化不开的乡愁情愫，展现得淋漓尽致，动人心扉。我深知，这是游子的肺腑之言，字字句句如鲜花般绚丽、温柔和丰润，一下子就牢牢地注入了记忆，润泽了心田！

在整个阅读过程中，我数度泪目。一篇篇短小的作品，看似平淡无奇，却容纳着细腻动容的文字。每每读到动情处，我心海深处就会波涛汹涌，难以平静。或许有人会问，是怎样的文字令你如此动情？在此，我摘录几段，请君欣赏："许是离家多年，总喜欢回忆那些过去久远的东西。坐船摆渡，我有别样情怀。" "故乡的炊烟，是我理不清的乡恋，剪不断的乡愁，那炊烟就是一根长长的线绳，一头摇曳在老屋的房顶上，一头系在走出了故乡的儿女的心头上，飘荡着绵绵不尽的流连和思恋……""人到中年，更热恋心中那片挥而不去的乡土，更喜欢那片乡土上开放的油菜花，那里有我的梦，有我童年的梦，有梦里的油菜花黄。""唉！馄饨，我一想起来就流口水，馋！不知道什么时候再能吃一碗家乡的馄饨，再感受一下那份友情，和那份浓浓的乡情。"这一辑以"故乡情怀"为线，把闪光发亮的二十三颗"珍珠"串联在一起，羡煞人眼。故乡的草草木木、枝枝叶叶、砖砖瓦瓦、沟沟岔岔、车车路路、村村镇镇、人人事事等，无不牵动着他的情怀。这就是乡愁，属于一个游子的乡愁，每一丝每一缕都浸透着苦涩的滋味，凝聚着思念的感伤，浓缩着难言的痛处！

乡愁，是人类普遍共有的一种美好情感。黄昏落日、百鸟归巢、群鸦返林，远在异乡的游子，触景生情，难免生发乡思之愁。夜已深了，我仍然沉浸于丁鹤军故乡情怀的字里行间。那静美的景致，斑斓的色彩，犹如一幅浓墨重彩的油画，在眼前铺展，在心底铺展，让我沉醉其中。"此夜曲中闻折柳，何人不起故园情。"我想，李白的诗句，应该是我和他的心境最好的写照吧？！对于从未离开过家乡的人来说，可能会觉得这些文字没有什么可动容的。可对于客居异乡的游子来说，却会感到字字锥心，句句刺骨！

厚重的亲友情怀。

亲友，是情感的港湾，是灵魂的栖息地，是游子精神的乐园。所以，亲友情怀，是一个永恒的主题。血浓于水的亲情，陪伴我们踏过坎坷，走上坦途，冲破难关，铸就辉煌；切实忠诚的友情，永远是心灵上的、是茫茫沙漠中的一泓清泉，是寒冷冬夜里的一声鸟鸣，是久雨天空中一片绯红的晴朗。真正的友情，可遇而绝不可求，一旦遇到就要倍加珍惜。丁鹤军是性情中人，珍视亲情，懂得感恩；珍惜友情，尊师重友。他明白，在成功的人生旅途中，每个人都不会一帆风顺，当取得成功时，不仅应该感谢自己的努力，更要感恩曾经帮助和扶持自己走向成功第一步的亲友。因为，是他们改变了自己的一生。

于是，丁鹤军思念奶奶："夏夜的芭蕉扇，伴我童年匆匆的脚步。奶奶摇了一暑又一暑，一摇便是多少年，庇护我安然消夏入秋，悄然成长。芭蕉扇摇，摇凉了暑天溽热，摇出了长辈温情，摇走了沧桑岁月，摇变了迟暮容颜，却摇不断心中那份记忆，摇不断对作古多年奶奶的思念。"是啊，一把芭蕉扇，摇出的是祖孙深情，这份真情、这一记忆，怎能忘记，又怎么能够忘记？！

于是，丁鹤军铭记父爱："父亲的爱，绵长深厚，真挚博大，是一朵永不凋谢的鲜花，盛开在我生命里，激励和鼓舞着我从容走过生活中的坡坡坎坎，蹚过现实中的曲曲弯弯，坚定地走好人生的每一步。"

父亲山一样敦厚的性情，山一样坚强的品格，山一样宽阔的胸怀，始终深深地烙印在他的脑海中，且将永远标示着他以后的人生道路。

于是，丁鹤军怀想母爱："我累了，恍恍惚惚中，是那难以忘怀的故乡的烟花三月进入了我的梦，还是我在梦中又回到了烟花三月的故乡？我睡了，在故乡，在祖屋，在母亲的身旁！"《我的母亲》一文，是这本书里最长的一篇，母爱深情抒发得淋漓尽致，感人至深。

于是，丁鹤军感恩师长："谈起昔人往事，说得最多的就是吴老师，仿佛又回到了孜孜求学的少年花季，又听到了吴万广老师神定气足、不疾不徐的朗读声。苦心育才童，欣待桃李开。学生事业有成，也许是对老师最好的报答吧！"读着真情的文字，我也怀念老师了，泪水模糊了视线，淹没了心田。

感恩，是一种真情回馈，是一种做人态度，是一种处世哲学，更是一种生活智慧。人常怀一颗善良和感恩的心，其人品才会受人尊重和敬仰！在这方面，丁鹤军做出了榜样。徐建宏老师给予了高度评价："丁鹤军先生是一个卓尔不凡的人，或者说，文字中的烟雨鹤是一个胸怀儒雅的性情中人。"这一辑共有十七篇作品，读来在感动之余，也引发许多思考。之所以能够取得如此效果，我认为，源于他对人物内心世界的细心观察和深刻理解，源于他在人物描写过程中投入的全部感情。从深情款款的文字中，我发现，他心细如丝，孝心满满，为人处世，重情重义。文贵于真，真情实感最动人，这是作品的灵魂。我一直以为，只有胸装一腔真情的人，才会书写出触动心灵的篇章，不断升华作品的水准。

深挚的家国情怀。

时下，人们呼唤家国情怀，呼唤谦谦君子，呼唤"在外能挡千军万马，在内能孝亲持家"的真性情男儿，呼唤"诚实守信、宅心仁厚、忠孝节义、勇者不惧"的情怀和人格的回归。

"位卑未敢忘忧国"的崇高精神，是一种家国情怀；"以大局为重"的责任担当，也是一种家国情怀。这一点，在《高城望断》中有很好的呈现。

《祝福》一文，有这样一段书写："今天是父亲五十岁的生日，作为儿子应该回去为父亲贺寿的，可我只能在北国大山深处的军校里，写下对父亲的思念和祝福。"是啊，身在军营的丁鹤军，不能回家为父亲庆生，的确是一种遗憾。可在使命所系面前，这种遗憾，不算什么。他以"抬头望月，就让窗前的这轮明月捎去我的祝福，愿父亲健康平安，幸福快乐"的独特方式，了却自己的心愿。在《父爱，盛开我生命里的鲜花》作品里，他发出杜鹃啼血般的呼喊："父亲啊，我拿什么来报答您呢？"其实，在军旅、在地方，他不忘初心，牢记使命，为了"大家"，舍弃"小家"，爱国奋斗，建功立业，这不就是对父亲的最好报答吗？！正如徐建宏老师所说："一个长年工作生活在北方的苏北人，带着对故土的思念，满腔的家国情怀，奔波在不同的岗位和场所。"这样一种家国情怀，令人感动！令人钦佩！值得褒奖！

忠孝难全，自古亦然。丁鹤军是一名铁血男儿，在军营的大熔炉里，锻造出属于军人的独有性格。他深切懂得："家是最小的国，国是千万家。"家庭的前途命运，总是同国家和民族的前途命运，紧密相连。他更明白：中华民族自古以来，就是重视家庭、重视亲情，无情未必真豪杰。因而，他在"铁血男儿，志在四方"的愿景里，也有着似水柔情的一面。当奶奶无疾而终时，他却在千里之外。噩耗传来，他才和妻带着三千里风尘，跟跟跄跄地奔向故乡。《怀念奶奶》一文，真情涌动："香烟已渺，烛泪已残，梦已渺茫，魂已隔断。小桥依旧，小河的水在凄风中唱着呜呜咽咽的悲歌，我的泪水和冷雨一起濡湿悲伤！"这动人心弦的声音，我感同身受。不经意间，触动了我的泪腺，两行泪水汩汩地流淌出来。蓦然，勾起了我的记忆，父母当年患病卧床、突然离世，我亦是同样的心情、同样的举动啊！

丁鹤军恪守的是"涤尽征尘，男儿志在四方"的坚定理想信念。故而，第三辑中的二十二篇作品，无不激荡着深挚的家国情怀的澎湃力量，可圈可点，令我肃然起敬！

在《家》一文中，丁鹤军这样说："想起家，万千思绪涌心头；提到家，万语千言难诉说。其实，在千千万万的军人行列里，像我一样的家庭又何止万万千千。我们的国家之所以富强昌盛，我们的军队之所以坚如磐石，不正是由一个个普普通通的军人、一个个平平凡凡的家庭铸造的永不倒塌的钢铁长城吗！"在《清风明月本无价》一文中，丁鹤军这样说："在生命的长河里洗尽铅华，过尽千帆，赏遍风景，让铮铮风骨长存于天地间！"在《雁门关随想》一文中，丁鹤军这样说："我愿用落寞孤寂眺望理想，守卫和平。"默读着声动于情、情动于心的语句，那字里行间跳跃着的一种令人难以言状的力量，猛烈地撞击着我的心灵！

家国情怀，映照着游子的忠诚之心，无论经受何种考验，都能永葆初心；家国情怀，彰显着游子的顽强意志，无论遇到何等艰难，都能坚忍不拔；家国情怀，体现着游子的奉献精神，无论做出何种牺牲，都能无怨无悔。深挚的家国情怀，背后是浓郁的故乡情孕育，是厚重的亲友情支撑！

阅读着丁鹤军如此纯粹、真挚、优美、诗意的散文作品，我心灵深处最柔软的一隅被触动了。我的情感，随着他的情感而浓郁；认识，随着他的认识而升华；感悟，随着他的感悟而清晰；畅想，随着他的畅想而高远……至此，我深切悟出，《高城望断》的深邃内涵："当兵离别故乡，心头涌起一份豪气，也有一股苍凉和感伤，'高城望断，回首乡关路难'，远隔千山万水，心却不曾远离，人虽不至，心向往之。"浓郁的故乡情怀，是一种思念；厚重的亲友情怀，是一种感伤；深挚的家国情怀，是一种奉献！

我觉得，丁鹤军的散文作品，构思灵活、语言质朴、情感饱满、想象丰富，凸显着他的笔头功夫和文学素养。

作者简介

王友明，河北临西人。中国散文学会会员、山西省作家协会会员、河北省散文学会会员、临汾市作家协会名誉副主席、临西县散文学会名誉会长、《河南文学》《黄河文艺》杂志签约作家。作品散见《人民日报》《解放军报》《散文选刊》《散文百家》《黄河》《火花》等报刊，出版专著十部，"中国散文精英奖""中国当代散文奖"获得者。作品载入《东方之子》《中国文学百年经典》《中国散文家大辞典》《中国散文大系》《临汾市志》《临西县志》等多种选本。荣登中国散文年会2009年度（下半年）中国散文排行榜、中国西部散文学会2019年山东散文排行榜、中国西部散文学会南国文学2019年散文排行榜、中国西部散文学会2020年山东散文排行榜。有散文入选初中毕业生学业水平模拟考试语文试卷、儿童百科·课外读物。

摆渡回乡关

——读丁鹤军散文集《高城望断》随想

孔令剑

丁鹤军兄写得比我预想中的要好,这是实话。但只是一定程度的好,这是又一句实话。第一句实话指向写作者本人;而第二句,则面向广大的读者,和从事写作特别是散文写作,甚至比他更优秀的作家们。作为兴趣爱好,甚或不得不写的一种情感、心理需求,鹤军兄大可不必在意第二句话。事实上,仅仅之前短暂的谋面,我还是感受到了鹤军兄对文字的真诚,为了匹配这种真诚,第二句话我的确应该说出来。

丁鹤军的散文是精致的,尤其是他军官转业的身份,让我对这种精致感受更加强烈。许是写诗的原因,我对文字的精致要求几乎成为一种本能的偏见,无论小说、散文或是其他,但凡文字成篇,文字一粗糙,顿觉遗憾,阅读的兴致也一时大坏。鹤军兄散文的精致,主要体现在文字的简练上,表情达意时有一种炼字炼句的意识,这是他的主动选择,我个人是比较欣赏的。诸篇中常用"对仗式"语句即是明证。如《蛋络子》开篇:"一缕粽子香,寄托着浓浓的思念;五彩蛋络子,装着深深的祝福。"如《古村司徒》结尾处:"时光不老,我们不散；繁华落寞，我陪你落日流年。"等等此类，让人看出他的慎重，也感受到了笔端的分量。而且，鹤军兄常用短句，淡淡的抒情中又多了几分利落。我想，这都和他的气性有关。任何一个写作者，他（她）本身内在的气性是无论如何摆脱不掉的，某种程度上，非但不能摆脱，还要朝这气性的光辉闪耀处前行，如此，一个作家才能在文字中真正确立自己。目前看来，鹤军兄在这方面是有坚持，也已有所获得了。

丁鹤军兄的散文，虽然文字精巧，但仍属于典型的"报纸体"或"副刊体"，这类作品大都篇幅相对短小，主题有某种共同，正如鹤军兄这本集子所呈现。这是由报纸本身的特性决定的，也引导和成就了一大批写作者。就我所了解，鹤军兄通过自己多年的坚持和努力，在这种"报纸体"散文的写作上，已经熟练地到达了一定的高度。当然，我们也必须看到这类文章的局限，在某种程度上，的确遗落了许多可贵的东西。这些不仅仅属于文学，而是属于文学所应承载的情感、心理、经验等，或者说，它常常造成了喧嚣尘上的虚幻景象，而对生命生活本身有了某种远离和遮蔽。若仍用这一比喻，真正的文学应该有尘土飞扬的时刻，也更有尘埃落定的时刻，而落定之处，是一个写作者所能探究到的、真正属于个体的独特秘境。

那么，我同时想到的，是鹤军兄要尽快脱离这种"报纸体"的束缚，从集子的篇章中，我觉得鹤军兄需要开拓新的书写空间了。写作就是这样，一篇一篇奠定起一个高处，只要还会写下去，就需迎难而上，向更高的地方。

对鹤军兄来说，通过持久反复的书写，家乡的物、事、人已经重新搭建起来了，他通过文字的摆渡，已经无数次回到了曾远离多年的故乡；或者说，作为一个远游者，已经成功地将故乡携至身旁，放置心中，如此，便可无处不故乡了。这本集子的出版，就是实现这一目标的最后一跃。在此，衷心祝愿鹤军兄在繁忙的工作之余，还能继续在文字的世界中放开手脚，振翅高飞，到达另一片天地。而且我坚信，他可以做到。

庚子年腊月

（孔令剑，诗人，现任山西省作家协会创联部副主任，兼任诗歌专业委员会执行副主任、秘书长）

后记

高城望断

1999年，我还在武警部队某基层中队任职，山西卫视《人物》栏目组拍摄了我的个人专访《绿色的梦》。对着摄制导演组，对着摄像机的镜头，我口角流沫、侃侃而谈：将来，我要出一本书，出一本真正意义上属于自己的书。节目播出后，时任支队政治处叶文芳主任鼓励我说：期待你的书早日出版！

时光荏苒，叶文芳主任已从正师职岗位退休了，而我夙愿未了。除客观原因外，还是自感才疏学浅，缺少品质文章，出一本属于自己的书的梦想搁置在远方。

虽是业余爱好，但与文学有缘。早在读书求学的年代就喜欢陶醉、遨游在文字里，做着瑰丽的作家梦。2015年，在微信平台，和一位失联已久的同学闲聊，她说：我对你印象很深，一是你长得特别帅气；二是你作文写得特别好。年少求学，其他功课平平，但每周一次写的作文必被老师当作范文。辍学回家，因酷爱写作，乡文化站站长吕立中老师收我为徒，专门从事新闻报道工作。那一年，在吕老师的悉心指导和鼓励下，我的写作水平有了大幅度提高，发表了四十余篇新闻和通讯报道。2016年，吕老师仙逝，我含泪写下"鹤驾扶摇云天上，空留文章断我肠。想是今生从此罢，难读乡情好文章"的诗句，遥寄哀思，倾诉悲情……

青葱年华，参军入伍来到太原。故乡成了年少时的渡口，乡音只是梦中的呓语，乡情化作了心中的离愁。最想吃到的是一份家乡的汪豆腐，最想听到的是乡音乡韵，最想见到的是亲人故友。策马天涯，红尘看遍，乡情、乡愁、乡恋始终牵着游子驿动的心。在工作闲暇、夜深人静时，我用清纯的文笔，怀着对往事的情怀，寻找一段过去的光阴，叙说着对故乡的思念、对生活的眷恋、对亲友的想念。虽然文章立意还很稚嫩和浅薄，文字功底还很青涩和笨拙，贻笑大方，但我随遇而写、随心而作，是我人生的匆匆履痕，真情的流露表白，雪泥鸿爪，亦有所获。

与姨弟吴开岭，既是兄弟也是文友。在我的影响下，喜欢文学的姨弟也拿起了文笔，诉说情怀，笔耕不辍，加入了江苏省作家协会，出版了自己的散文集《看水东流》。在和开岭的交流沟通中，又激发了我出一本属于自己的书的强烈愿望。于是，我把过去零星发表的陋作收集整理，归并为"背囊里的乡愁、血脉里的亲情、足迹里的凝望"三部分，汇集成册，以飨读者。更想借此机会，得到大家的批评与指正，提出宝贵的意见。

起名《高城望断》，是北宋年间故乡高邮出了著名词人秦少游，我和故乡先贤同为高邮三垛镇人。少时读少游词，最喜欢他的《满庭芳》末句："伤情处，高城望断，灯火已黄昏。"当兵离别故乡，心头涌起一份豪气，也有一股苍凉和感伤，"高城望断，回首乡关路难"，远隔千山万水，心却不曾远离，人虽不至，心向往之。

断断续续写下了许多文字，欣喜过、彷徨过，但痴心不改，无悔这份精神的追求和寄托。有幸相识山西文坛的徐建宏、石云、蒋殊等名家，他们的建树再次点燃了我文学的火焰。有幸军旅作家王友明老师和山西著名诗人孔令剑老师给予书评，字字珠玑，洋洋洒洒，让我不敢忘怀，化作继续前行的动力和源泉。高邮市书法家协会主席、中国书法最高奖——兰亭奖获得者殷旭明，与我仅是数面之缘，并未深交，得知我出版散文集后，欣然题写《高城望断》书名；战友秦永刚按照"背囊里的乡愁、血脉里的亲情、足迹里的凝望"三部分内容，精心设计了插图。感谢所有关心和支持《高城望断》出版的朋友。

文不尽言，言不尽意，聊作后记。

2021年1月26日夜 太原

图书在版编目（CIP）数据

高城望断 / 丁鹤军著. -- 太原：山西经济出版社，2021.4

ISBN 978-7-5577-0838-2

Ⅰ.①高… Ⅱ.①丁… Ⅲ.①散文集－中国－当代 Ⅳ.①I267

中国版本图书馆CIP数据核字（2021）第064419号

高 城 望 断
GAO CHENG WANG DUAN

著　　者：	丁鹤军
出 版 人：	张宝东
责任编辑：	李春梅
装帧设计：	梁灵均
版式设计：	华胜文化
出 版 者：	山西出版传媒集团·山西经济出版社
地　　址：	太原市建设南路21号
邮　　编：	030012
电　　话：	0351—4922133（市场部）
	0351—4922085（总编室）
E-mail：	scb@sxjjcb.com（市场部）
	zbs@sxjjcb.com（总编室）
网　　址：	www.sxjjcb.com
经 销 者：	山西出版传媒集团·山西经济出版社
承 印 者：	山西出版传媒集团·山西人民印刷有限责任公司
开　　本：	787mm×1092mm　1/16
印　　张：	13.25
字　　数：	165 千字
版　　次：	2021年4月　第1版
印　　次：	2021年4月　第1次印刷
书　　号：	ISBN 978-7-5577-0838-2
定　　价：	58.00 元